AF236358

Michael Laß

Die Abenteuer des
Ruprecht Semmelburger

Weihnachtskrise

Viel Spaß mit Band 3 der Serie

In dieser Serie erschienen

Band 1:   Millennium

Band 2:   Rudolph wird flügge

Michael Laß

Die Abenteuer des Ruprecht Semmelburger

Weihnachtskrise

Impressum:

Bibliografische Information der Deutschen Nationalbibliothek
Die Deutsche Nationalbibliothek verzeichnet diese Publikation in der
Deutschen Nationalbibliografie; detaillierte bibliografische Daten sind im
Internet über http://dnb.dnb.de abrufbar

Copyright: 2020 Michael Laß (Text)
         Raya Rosok (Coverbilder)

Herstellung und Verlag:
BoD – Books on Demand, Norderstedt.

ISBN:978-3-7526-4227-8

KAPITEL 1

Im Dunst der Erinnerungen

„Erinnerst du dich noch an Weihnachten 2002?", fragte Nikolaus von Myra seinen Freund und Schwager Ruprecht Semmelburger.

„Wiehnachten 2002? Na klar, das war doch das Krisenjahr schlechthin." Ruprecht, der mit seinen Freunden Nikolaus und Oliver von Gartengrund in seinem Büro oberhalb der Werkstatt der Flugbereitschaft Nord (FB Nord) saß, lehnte sich in seinen Bürostuhl zurück. „Das war vielleicht eine Aufregung!"

Auf Ruprechts Bitte hin hatten sich die drei Männer der FB Nord zu einem Feierabend - Sangria getroffen. Nach Hause wollte Ruprecht nicht, denn dort erwartete ihn lieber Besuch. Seine Frau Franziska hatte ihre besten Freundinnen zum Kaffeekränzchen mit Verkostung ihrer neuesten Gebäck-Kreationen *SOMMERFRISCHE* eingeladen. Diese, von

5

Ruprecht als *Redaktionssitzung* bezeichneten Zusammenkünfte, dauerten meist bis in die Nacht hinein. Hildegard von Castrohl, die Gattin von Petrus, Hermine von Knickebein und Chantal de Bruyere, die Leiterin des Damenbundes *Hüftgold* hatten Sitzfleisch. Der Austausch der Neuigkeiten brauchte eben seine Zeit.

„Was ist denn 2002 passiert?", wollte Oliver, der begabteste Schlittenpilot der FB Nord, wissen.

„Das war einer der schlimmsten Einsätze überhaupt", schnaufte Nikolaus.

In diesem Moment wurde die Tür aufgerissen und Professor Bernhard Nickeldorn, das Navigationsgenie schlechthin, trat grinsend ein.

„Dat passt", kommentierte Ruprecht das Eintreffen seines Freundes. Er nahm einen frischen Becher aus dem Sideboard neben sich. „Sangria, mein Freund?"

„Abba sischer doch", lächelte Bernie, wie der Professor von seinen Freunden genannt wurde.

„Ich hab bei dir angerufen, Ruprecht. Deine

6

Franziska sagte, sie säße mit ihren Freundinnen zusammen. Da bin isch einfach mal hergekommen."

„Redaktionssitzung der *HIMMELPFORTEN NEUESTE NACHRICHTEN*", gluckste Nikolaus. „Das Quartett des Grauens tagt."

„War schon klar." Bernie nahm den Sangria entgegen und setzte sich auf einen freien Stuhl.

„Franziska deutete an, dass heute Abend eine technische Besprechung ist. Liegt etwas an? Feiertage sind doch gerade nicht in Sicht oder?"

„Bei den Bayern läuft am Wochenende das Spektakel in Oberammergau. Michael hat entschieden, dass wir uns da raus halten," bemerkte Ruprecht, der sichtlich froh über diese Entscheidung war.

„Und trotzdem eine technische Besprechung?"

„Das liegt an der Redaktionssitzung bei Ruprecht", schnaufte Nikolaus. „Myrna und Katja haben Spätschicht. Die eine bei DA und die andere im Krankenhaus. Was macht deine

Stephanie?"

„Auch im Spätdienst. Darum bin isch doch auf der Suche nach euch", sagte Bernie grinsend. „Kein Einsatz, keine Krisen, da kann man doch mal in aller Ruhe ein Schwätzchen bei einem guten Sangria halten."

„Wir sind fast alle zusammen", meinte Nikolaus.

„Wofür?", wollte Bernie wissen

„Wir wollten unserem jungen Freund gerade von der Weihnachtskrise 2002 erzählen. Erinnerst du dich noch daran?"

„Lebhaft, Freunde, lebhaft. Eines meiner letzten Jahre als Labrador in Himmelpforten." Bernie streckte die Beine unter dem Tisch aus. „Ich glaub, so unter Zeitdruck haben wir noch nie über Flugplänen gebrütet."

Ruprecht stand auf und nahm aus einem Aktenschrank einen Ordner. Er schlug ihn auf und drückte ihn Oliver in die Hand. „Dat sind die Pläne. Allerdings nur das endgültige Exemplar, Olli. Davor gab es mindestens 20 andere

Entwürfe, die im Papierkorb landeten. Dabei war ich schon früh fertig. Der erste Flugplan stand bereits am 15. Dezember 2002. Dann kam Michael und alles war Makulatur."

„Nicht nur die Pläne waren für die Katz", ergänzte Nikolaus.

„Was ging denn noch alles schief?", fragte Oliver gespannt.

„Erstmal fiel Wiehnachten fast flach", erklärte Ruprecht und nahm einen kräftigen Schluck aus dem Becher, „und dann ..."

In diesem Moment flog die Bürotür auf. Die Erzengel Michael und Gabriel stürmten herein. Ihre legeren Sommerkleidung aus dem Hause ANGELS FASHION sorgte trotz ihr unerwartetes Auftauchens für entspanntes Lächeln auf den Gesichtern der Anwesenden.

„Wir waren bereits bei dir, Ruprecht", erklärte Michael lächelnd. „Die anwesenden Damen sagten etwas von einer technischen Besprechung in deinem Büro. Was gibt es denn?"

„Wenn ich ehrlich sein soll, dann dreht es sich um die *Redaktionssitzung der HIMMELPFORTEN NEUESTE NACHRICHTEN"*, die uns zu dieser dringenden Sitzung gezwungen hat", antwortete Ruprecht und holte zwei frische Becher heraus. „Mögen die Herren Platz nehmen und einen Sangria Marke van Buren trinken?"

„Warum nicht?" Gabriel zog zwei Stühle an den Tisch und setzte sich. „Ich kann deine Flucht verstehen, Ruprecht. Chantal de Bruyere alleine ist schon Grund genug. Die Frau ist eine Nervensäge. Ihr Mann August tut mir manchmal richtig leid."

„Was besprecht ihr nun?", wollte Michael nach dem ersten Schluck Sangria wissen.

„Weihnachten 2002, Euer Gnaden", gestand Nikolaus grinsend, „Sie werden sich daran erinnern."

„Und ob ich mich daran erinnere", schnaufte Michael, „war schlimmer als alles Dagewesene. Selbst die Millennium-Einsätze erscheinen dagegen harmlos."

„Das klingt interessant", sagte Gabriel. „Ich kenne nur die offizielle Version. Erzähl mal, Ruprecht!"

„Moment", murmelte Nikolaus und füllte die Becher der Anwesenden aus dem gekühlten Krug. „Dazu gehört ein Sangria, meine Herren."

„Also, Weihnachten 2002 sah anfangs nach einem ganz normalen Weihnachtseinsatz aus", begann Ruprecht, „am Nikolaustag war nicht so viel kaputt gegangen. Daher konnte ich rechtzeitig mit dem Flugplan anfangen. Am 15. Dezember 2002 war ich damit fertig. So früh wie nie. Aber dann kam alles ganz anders."

KAPITEL 2

Ruprecht kriegt eine Krise

Ruprecht Semmelburger saß in seinem Büro am Schreibtisch. Vor ihm lag der Einsatzplan für das bevorstehende Weihnachtsfest des Jahres 2002. Eigentlich wäre es der Job des Leiters der Flugbereitschaft Nord gewesen diesen Plan aufzustellen. Der Posten war seit Heinz-Theodor Grubenschachts überraschenden Versetzung auf einen anderen Planeten unbesetzt. Einen neuen Chef der FB Nord hatte man nicht bestimmt. Daher fungierte der Erzengel Michael als kommissarischer Leiter. Tatsächlich hatte der stark überlastete Michael die Aufgaben Ruprecht Semmelburger übertragen. Für Ruprecht hatte sich nichts geändert. Diese administrativen Tätigkeiten hatte ihm Grubenschacht bereits früher großzügig überlassen.

Ruprecht atmete tief ein. Die diversen, eng in seiner charakteristischen Handschrift beschriebenen Bögen hatten ihn mehrere Tage

Arbeit gekostet. Die Flüge der für den Bereich der FB Nord zuständigen Weihnachtsmänner mussten genau mit denen der Versorgungsschlitten abgestimmt werden. Allein das Gebiet Europa war riesig. Es reichte von Spitzbergen bis zum Mittelmeer. Nur neueste Technologie ermöglichte die Erfüllung dieser Aufgabe.

Natürlich sind die Weihnachtsmänner nicht für sämtliche Geschenke unterm Weihnachtsbaum zuständig. Meist findet man die kleinen Päckchen am Morgen nach der Bescherung. Sie sind unscheinbar und auf den ersten Blick nicht zu entdecken. Wenn man sie öffnet, findet man Dinge, die auf der geheimsten aller Wunschlisten standen. Die Frage, wer diese langgehegten Wünsche erfüllt hat, bleibt stets unbeantwortet.

Ruprecht warf den Bleistift auf den Flugplan und raufte sich die vollen, dunklen Haare. Steigender Luftverkehr und die Eigenheit der Menschen am Weihnachtsabend nicht mehr zu Hause zu sein, brachte jedes Jahr mehr Arbeit mit sich. Adressen mussten ermittelt werden, genaue Abreise- und Ankunftszeiten gewannen immer mehr an Bedeutung. All das floss in den Flugplan ein.

„Dat wird eng", schnaufte Ruprecht. Zufällig schaute er durch das große Fenster auf das Flugfeld, über das ein Schneetreiben hinweg zog. Im Licht der Vorfeldbeleuchtung konnte er die wirbelnden Flocken erkennen. Kopfschüttelnd erhob er sich und schlurfte zum Kaffeeautomaten neben der Tür. Im Display wählte er einen großen Pott Kaffee. „Wenn dat man god geiht! Ich weiß nicht recht", murmelte er vor sich hin.

In diesem Moment stieß Erzengel Michael die Bürotür schwungvoll wie immer auf. Seine Gnaden sah heute nicht gerade sehr erfreut aus, wie Ruprecht mit einem Seitenblick feststellen konnte. Sein Hauptaugenmerk war allerdings auf die Tür gerichtet. Sie flog auf das dahinter befindliche Wandregal zu. Ihr Ziel erreichte sie jedoch nicht. Der von Ruprecht am Vortag befestigte Türstopper hielt stand. Die

Bewegungsenergie verbrauchte er allerdings nicht vollständig. Spontan trat die Tür den Rückweg an. Der allergnädigsten Rücken stoppte sie endgültig.

„Ruprecht Semmelburger!" Michael funkelte Ruprecht erbost an und rieb sich die Einschlagstelle.

„So ist der Name." Ruprecht deutete auf die Kaffeemaschine. „Ein Käffchen, Euer Gnaden?"

„Ja, danke, gerne. Dabei kann ich dir gleich sagen, warum ich gekommen bin."

„Wäre ganz nett. Was gibt es denn?" Ruprecht bemühte sich redlich seinen ungeliebten Dialekt zu unterdrücken. Er brachte die vollen Becher zum Tisch, an dem Michael Platz genommen hatte.

„Wir müssen umplanen." Michael rutschte unruhig auf dem Stuhl herum.

„Wir müssen wat?" Ruprecht vermied erfolgreich eine seiner berüchtigten Bemerkungen. „Ich bin froh, dass ich den Plan ansatzweise hingekriegt hab und nu is dat für´n Papierkorb?"

„Tut mir leid, aber Claus von Clausenthal kann seinen Part dieses Jahr nicht schaffen. Er muss die amerikanische Ostküste übernehmen. Der zuständige Santa Claus ist ausgefallen. Nikolaus von Myra muss unbedingt aushelfen."

„N i k o l a u s ist mit Myrna Detroid zur H o c h z e i t seines Onkels Erasmus von Kaltenberg auf den Fidji Inseln, Euer Gnaden! Sie sind das erste Mal gemeinsam im Urlaub. Dat geiht nich, nie nich!"

„Warum feiert sein Onkel auf den Fidji Inseln seine Hochzeit? Das hätte er auch hier tun können. Wir haben eine sehr schöne Kapelle."

„Schon, Euer Gnaden, aber Erasmus und seine Braut haben sich seinerzeit auf den Fidji Inseln kennengelernt. Franziska und ich waren ursprünglich auch eingeladen. Angesichts des bevorstehenden Festes haben wir abgesagt."

„Sehr lobenswert, sehr lobenswert!" Michael schnaufte, ehe er fortfuhr. „Es muss leider sein,

16

Ruprecht. Ich brauche Nikolaus. Wir haben keinen anderen zur Verfügung. Wir könnten bei Gabriel mal nachfragen, ob von der Fraktion SÜD einer der Herren einspringen kann. José Armando de Catastroph ist dort gerade in der Ausbildung."

„Nee, bloß den nicht. Denn fallt Wiehnachten flach, aber so was von."

„Du kennst ihn?"

„Jo. Er macht seinem Namen alle Ehre, Euer Gnaden."

„Dann wäre da noch die Fraktion Sibirien. Dieter Baldvorbei könnte aushelfen."

„Nie nich Dieter. Der verläuft sich doch mit Navigationsgerät in einer Telefonzelle? Wladimir Kaputnik und seine Leute suchen ihn immer noch. Dieter ist am 5. Dezember von Nowo Irkutsk aus gestartet. Statt wie geplant Richtung Wladiwostok, ist er nach Norden geflogen. Irgendwann hat er sein Navi in die Tundra geworfen. Sein Gespann ließ er einfach im Wald stehen. Die Tiere sind schließlich heim geflogen. Die Suchmannschaften haben ihn bisher nirgendwo auftreiben können."

Michael stöhnte auf. „Wir hätten da den Neuzugang aus Rom."

„Den Paster? Nee, nie nich! Dee Dösbaddel …" Ruprecht hielt inne. Der warnende Blick des Erzengels ließ ihn den Dialekt unterdrücken. „Ich meine, der kriegt das gar nicht auf´e Reihe. Er war doch nicht dafür vorgesehen, oder? Außerdem hat der keine Verteilerlizenz."

„Nein, er sollte eigentlich Petrus bei der digitalen Wetterplanung unterstützen. Aber das Projekt haben wir abgebrochen. Wie du vielleicht gehört hast, hat ihn Petrus nach wenigen Tagen ziemlich lautstark des Büros verwiesen."

„So kann man den Rausschmiss auch nennen. Der Herr muss Petrus kräftig genervt haben. Dabei ist Petrus doch äußerst umgänglich. Den bringt nicht mal mein Meckern aus de Ruh´."

„Andere Optionen haben wir zur Entlastung für

Claus von Clausenthal nicht. Fällt dir jemand ein?"

Diesmal musste Ruprecht passen. Er kannte niemanden, der den Job so gut beherrschte wie Nikolaus von Myra. Er stellte, wenn es drauf ankam, selbst Claus von Clausenthal in den Schatten.

„Mir nämlich auch nicht, Ruprecht", sagte Michael, der Ruprechts Gedanken erraten hatte.

„Fragt sich nur, wer die Nachricht überbringt."

„Ich würde es ja machen", setzte Ruprecht an.

„Das hatte ich gehofft."

„Geht aber nich, denn wenn Claus von Clausenthal die Ostküste Nordamerikas abdecken muss, darf ich eine komplette Neuplanung machen", fuhr Ruprecht ungerührt fort. „Selbst wenn Nikolaus einspringt, muss ich die Gruppen der Verteilerschlitten neu durchplanen. Claus hat auch einen Teil von Osteuropa abgedeckt. Dann noch diese dösige Angewohnheit der Menschen über die Weihnachtstage zu verreisen. Dafür brauch ich alle Schlitten. Also keine Reserven, falls was schief geht. Um das alles in der kurzen Zeit richtig zu planen, brauch ich Hilfe. Professor Bernhard Nickeldorn, unser Navigationsgenie, wäre der richtige Partner."

„Du weißt, dass er nur in Gestalt eines Labradorhunds hier sein darf."

„Angesichts der Weihnachtskrise muss das aufgehoben werden, Euer Gnaden. Ich brauch ihn in menschlicher Gestalt."

Einen Moment sah es so aus, als wollte Michael sich wehren, doch dann gab er nach. „Also gut, ich werde es durchdrücken. Erzengel Uriel wird Gift und Galle spucken, denn er hat die Beleidigung des Kardinals durch den Professor nicht vergessen. Wenn er das je kann, was ich bezweifeln möchte!"

„Okay, dann könnte es mit dem Flugplan klappen. Sie müssten fliegen, Euer Gnaden, aber nicht alleine. Ich schicke Franziska, mein holdes Weib, mit. Sonst fällt mir niemand ein. Gabriel, der eine

20

Alternative wäre, ist sicher voll mit der FB Süd beschäftigt."

Michael nickte. „Dann flieg ich mit Franziska, aber wer ist der Pilot?"

„Holger, das *Mammut*, Holgerson. Er hat eh Bereitschaft für den Rettungsschlitten und ist froh, wenn er raus darf. Er hat genug Erfahrung für den Flug zu den Fidji Inseln."

„Und welches Rentiergespann wird er nehmen?"

„Da haben wir kein Problem. Holger fliegt eh nur mit seinen Rentieren Eberhard und Rosemarie. Ich kümmere mich mal um die Einzelheiten. Es wird aber auf dem Rückflug eng im Schlitten Nummer 3. *Das Mammut* braucht für die lange Strecke seinen Co – Piloten. Außerdem muss Pia, seine Navigatorin, mit."

„Das macht nichts", beteuerte Michael. „Und was Nikolaus angeht: Franziska ist ja dabei, dann kriegen wir das hin."

Ruprecht nickte und nahm wieder vor seinem Schreibtisch Platz. Er rief nacheinander die für diesen Einsatz vorgesehenen Personen an und berief ein Briefing ein. Anschließend wählte er die Nummer des Professors Nickeldorn und bat ihn in sein Büro. Den erwarteten Widerstand brach er mit einem: „Ich brauch dich, Bernie, also zieh keine Show ab und komm her. Sonst war es das mit Weihnachten in Europa."

„Du meinst, der Professor kommt tatsächlich?", fragte Michael skeptisch nachdem Ruprecht aufgelegt hatte. „Deine Wortwahl war sehr unkonventionell."

„Ich hätte frech gesagt, aber das ischa egal. Bernie ist einer meiner besten Freunde. Darum bin ich ja so sauer, dass Erzengel Uriel dieses blödsinnige Verkleidungsspiel durchgesetzt hat. Bernie hatte außerdem die Wahrheit gesagt. Kardinal Kuschelieu ist ein machtbesessener, arroganter Schnüffler. Außerdem hat er sein Netzwerk von Spitzeln, wie damals auf der Erde, eingerichtet. Der versucht die gleiche Nummer wie damals in Frankreich. Denken Sie an unsere

22

Entdeckung in Rom beim Millennium-Einsatz."

Michael wollte erst widersprechen, doch dann wurde er sehr nachdenklich. Seine Miene verfinsterte sich. „Du meinst, der Kardinal bespitzelt auch uns?"

„Logisch. Sollte mich nicht wundern, wenn der Neue schon von ihm angeworben worden ist."

„Wir sollten nicht vorschnell urteilen, Ruprecht."

Bevor Ruprecht antworten konnte, wurde die Tür geöffnet und Franziska von Bergheim, flugbereit in Lederjacke, gefütterten Hosen und Pelzstiefeln, trat ein. Sie begrüßte Ruprecht mit einem auf die Wange gehauchten Kuss und warf die Jacke auf den Schreibtischstuhl, der sich daraufhin bedrohlich der Tür näherte.

„Was gibt es so eilig, Ruprecht?", fragte sie, nachdem sie den Erzengel begrüßt hatte.

„Gleich", sagte Ruprecht. Er holte den Stuhl wieder an den angestammten Platz und trat an das Regal mit den Navigationsunterlagen hinter der Tür. „Nimm dir schon mal einen Kaffee."

Kaum hatte Ruprecht diese Worte ausgesprochen, da wurde die Bürotür erneut aufgestoßen.

„Obacht", erscholl eine tiefe Männerstimme.

Doch die Warnung kam zu spät. Viel zu spät! Nicht der Türstopper hielt die Tür auf sondern Ruprecht.

„Pass doch auf, du Döskopp", brüllte er und hielt die Hand vor die blutende Nase. „Dat gifft dat doch gar nich, op keen Ship nich."

Ein Mann in Fliegerkleidung trat ein und schaute hinter die Tür. „Ruprecht, wat machst denn du da hinter de Tür? Sieht sehr dramatisch aus diese blutige Nase. War das Franziska?"

Holger Holgerson trug seinen Spitznamen *Mammut* zu Recht. Er war über 1,95 Meter groß und brachte etwa 110 kg auf die Waage. Der dunkle Vollbart bedeckte fast das gesamte Gesicht. Seine dunkle lockige Haarpracht war nicht zu bändigen. Seine funkelnden blauen Augen verrieten, dass ihm der Schalk im Nacken saß.

24

„Blödmann." Ruprecht holte tief Luft und verschwand in der Toilette, um sein blutiges Gesicht zu reinigen. Er beeilte sich nicht, denn sein Blutdruck war am Anschlag angekommen. Die Nerven hatten den Höchstpunkt der zulässigen Anspannung weit hinter sich gelassen. Anders ausgedrückt: Ruprecht kochte.

„Kommst du irgendwann mal wieder aus dem Klo?", ertönte die Stimme seiner Angetrauten aus dem Büro. „Warum rufst du mich zu einem Briefing? Ich gehöre doch gar nicht zu Holgers Crew".

Erzengel Michael enthob Ruprecht der Erklärungspflicht. Franziska wurde rot vor Stolz als Michael betonte, er habe um ihre Anwesenheit gebeten, was geflunkert war.

„Ich dachte schon, mein Mann hätte die Idee gehabt, mich aus dem Weg haben zu wollen", bemerkte sie. „Er hat manchmal solche Anwandlungen. Aber wenn Euer Gnaden wünschen, dass ich ihn begleite, dann ist das natürlich was anderes!"

Und was ist daran anders? fragte sich Ruprecht im Stillen.

Just in diesem Moment schrillten die Alarmglocken. Ein Schlitten war abgestürzt.

*

Ruprecht schob Franziska und Erzengel Michael grob beiseite und stürzte an seinen Schreibtisch. Er warf sich auf den Stuhl und schaltete den Bildschirm seines Computer, das neueste Modell von DIGITAL ANGELS, ein. Doch statt die erwartete Übersicht auf dem Monitor zu sehen, starrte er auf den sich um die eigene Achse drehenden Engel, das Zeichen für den Ladevorgang.

„Man, dat ischa wohl nich wahr", brummte er und trommelte ungeduldig auf die Schreibplatte. „Dat dauert!"

Endlich erschien die Dienstplandatei auf dem Schirm. Ruprecht wechselt zur Notfallkarte, wobei seine Finger nur so über die Tastatur flog.

Doch statt der erhofften Karte erschien die gefürchtete Fehlermeldung:

PASSWORT ODER BENUTZERKENNUNG FALSCH

„Eh, komm schon", knurrte Ruprecht und wiederholte die Eingabe.

PASSWORT ODER BENUTZUERKENNUNG FALSCH. NUR NOCH EIN VERSUCH!

„Dat gifft dat doch nich!", rief Ruprecht und hämmerte auf die Tastatur.

Endlich erschien die Karte der nördlichen Hemisphäre. Im Norden Kanadas erschien ein kleiner roter Punkt, der hektisch blinkte. Ein Klick öffnete eine Karte des betreffenden Gebiets. Der Punkt vergrößerte sich zu einem Kreis, der etwa 50 km² umfasste.

Genaue Position auf Grund von Störungen nicht ermittelbar. Bitte warten Sie auf neue Datensendung, las Ruprecht auf dem Bildschirm und schlug mit der Faust auf die Tischplatte.

„Weiß jemand, wer da oben unterwegs ist?",

27

fragte er alle Anwesenden, obwohl er nur Michael meinen konnte.

„Ja, eh, nee, das ist mir nicht bekannt", antwortete dieser.

„Dacht ich mir!" Ruprecht tippte bereits wieder auf der Tastatur. Er rief das Hauptflugbuch der Flugbereitschaft auf. Er verzichtete auf die Suchfunktion und scrollte durch die Datei. Dann markierte er eine Zeile und lehnte sich stöhnend zurück.

„Nee, nicht auch das noch!"

„Was ist?" fragte Michael besorgt.

„Was is? Das ist Claus von Clausenthal. Er ist da oben auf einem Testflug mit seinem neuen Gespann. Dabei muss er abgeschmiert sein, verflixt und zugenäht. Er ist irgendwo im Gebiet der großen Seen runtergekommen. Sein Notfallsender arbeitet nicht korrekt."

„Das ist fatal."

„Gar kein Ausdruck, das ist ´ne ausgewachsene Katastrophe, ist das. Warum wurden so kurz vor

28

Weihnachten die neuen Programme auf die Notfallsender aufgespielt? Die alte Software hat wenigstens ansatzweise funktioniert. Die neue Version dafür überhaupt nicht. Jetzt kann ich Claus suchen."

„Du?", fragte Franziska mürrisch. „Und warum konntest du nicht zu Nikolaus fliegen?"

Ruprecht stand vehement auf. Sein Bürostuhl schoss in Richtung Tür davon. Holgers eintretende Navigatorin bremste den Stuhl geschickt mit ihrem Hinterteil.

„War knapp", brummte Ruprecht und nahm den Stuhl entgegen. Das verkniffene Gesicht des Mädels nahm er nicht wahr. „Muss mal ´ne Bremse einbauen."

Er wandte sich an Franziska, die ihn kampflustig anstarrte. „Pass mal auf! Holger ist Pilot des Rettungsschlittens. Eigentlich muss ich ihn nu nach Kanada schicken. Aber dein Flug mit Seiner Gnaden zu Nikolaus ist wichtiger. Darum brauch ich einen anderen Piloten, den ich aber erst rufen muss. Bis der da und eingewiesen ist, dauert das mindesten 2 Stunden."

„Is scho recht", gab Franziska klein bei. „I mach ´s ja schon!"

„Na, geht doch."

Der Blick, den Ruprecht sich daraufhin einfing, verhieß nichts Gutes. Auf ihn dürfte mindestens Schlafzimmerverbot warten, wenn er heim kam. Doch das würde noch eine Weile auf sich warten lassen, schätzte er. Bis er zurück kam und mit Bernie die Pläne aufgestellt hatte, wäre Franziskas Wut verraucht. Das hoffte er zumindest.

Inzwischen war Holgers Besatzung komplett im Büro erschienen. Ruprecht wies sie in ihre Aufgabe ein, die, den Gesichtern nach zu urteilen, der Crew besser gefiel, als die Aussicht im hohen Norden den abgestürzten Schlitten zu suchen.

„Und welches Rentiergespann nimmst du?", fragte Holger, bevor er als letzter der Crew das Büro verließ.

„Ich flieg mit Hubertus und Engelbert. Die sind ja da."

„Pass auf dich auf, Ruprecht, das Wetter da oben ist nicht ohne." Der große, bärtige Pilot schloss Ruprecht spontan in die Arme. „Mach keinen Schrott, Alter, wir brauchen dich!"

Als nächstes fand sich Ruprecht in den Armen seiner Franziska wieder. Sie presste ihn förmlich an sich. „Sei bitte vorsichtig, Schatzi", bat sie ihn zum Abschied. „I hob doch a bisserl Angst um di. Wen nimmst denn mit?"

„Das weiß ich noch gar nicht", gestand Ruprecht. „Als Navigator würde ich gerne Bernie nehmen. Vielleicht brauch ich jemanden vom Sanitätskorps. Hast du da einen Vorschlag?"

„Wie wäre es mit Hermine von Knickebein?"

„Und wenn Claus was Ernsthaftes passiert ist? Die kann doch kaum eine Schere von einer Nadel unterscheiden."

„Auch wenn sie meine älteste Freundin ist, ich muss dir recht geben", gab Franziska nach.

Sie hauchte ihm einen Kuss auf die Wange und folgte den anderen hinaus aufs eisige Flugfeld. Ruprecht trat ans Fenster und schaute zum vor der Halle geparkten Schlitten. Dort half Holger den Passagieren beim Einsteigen und kletterte auf den Bock. Er schaute noch einmal zu Ruprecht und hob die Hand zum Gruß. Ruprecht nickte ihm zu und winkte. Dichtes Schneetreiben verringerte die Sichtweite auf etwa 50 Meter. Langsam setzte sich der Schlitten in Bewegung und glitt zur Startbahn,

Wohl war ihm bei dem Gedanken an die beiden Flüge nicht. Der lange Weg zu den Fidji Inseln und der Suchflug über dem Norden Kanadas bargen einige Gefahren in sich, die nicht unterschätzt werden durften.

Nachdem der Schlitten gestartet war, wandte er sich seufzend ab. Er griff zum Telefon auf seinem Schreibtisch und wählte die Nummer des zweiten Rettungspiloten. Mit wenigen Worten informierte er Winston William Appleby darüber, dass er ab sofort der Rettungspilot vom Dienst sei. *Seine Lordschaft*, wie Appleby auf Grund seines Titels Lord Nottingwood genannt wurde, sagte zu, dass er seine Crew alarmieren und den Schlitten ausrüsten würde. Zufrieden trennte Ruprecht die Verbindung.

„Mol kieken", murmelte er, bevor er danach den medizinischen Notdienst anrief.

KAPITEL 3

Pazifisches Zwischenspiel

Die Rentiere Eberhard und Rosemarie zogen den Schlitten mühelos in südwestlicher Richtung. Unter ihnen der riesige Pazifik, über ihnen der blaue Himmel. Das war zu Beginn des Fluges anders gewesen. Kaum hatten sie Himmelpforten verlassen, waren sie in ein ausgedehntes Schlechtwettergebiet eingetaucht. Umfliegen ging ebenso wenig, wie die Wolkengebirge zu übersteigen. Die Wetterblase hatte die Niederschläge abgehalten. Aber gegen die Kälte war sie machtlos gewesen. Passagiere und Besatzung waren trotz der Winterkleidung schnell durchgefroren. Erst ein ganzes Stück südlich der Aleuten hatte sich die Wolkendecke aufgelöst und einem wunderschönen Sternenhimmel Platz gemacht. Leider waren dabei die Temperaturen erheblich gesunken. Das hatte sich erst nach Sonnenaufgang geändert. Je näher der Schlitten dem Äquator kam, desto wärmer war es geworden.

Während Holger mit zunehmender Flugzeit gegen abnehmende Konzentrationsfähigkeit kämpfte, hatten sich alle anderen in Morpheus Arme begeben. Gleichmäßige Atemgeräusche und kräftige Schnarchtöne aus dem Munde Michaels ließen daran keinen Zweifel aufkommen. Um wach zu bleiben, schob sich Holger ein Bonbon mit hohem Koffeinanteil nach dem anderen in den Mund. Er musste wach bleiben.

Das Geräusch reißender Lederbänder ließ Holgers Müdigkeit schlagartig verschwinden. Fast zu spät, denn der Schlitten geriet in gefährliche Schräglage. Holger konnte sie nur mühsam mit Eberhards Hilfe ausgleichen. Ob und wie seine Mitflieger diese Situation überstanden, war ihm erstmal egal. Er bekam den Schlitten in eine stabile Fluglage. Erst jetzt nahm er sich die Zeit seiner Navigatorin einen kurzen Blick zuzuwerfen.

„Hey, Pia, wieder wach?", rief Holger ihr zu.

Pia Poulson, die flachsblonde Navigatorin des Schlittens, hatte ihre Wurzeln in Dänemark. Daher ihr besonderer Dialekt, der sich durch ein sehr scharf gesprochenes „S" kennzeichnete. Sie klammerte sich an ihren Sitz und starrte nach vorn.

„Ja, ja, bin fit", antwortete sie zögernd. „Was ist passiert?"

„Am Geschirr ist was gerissen. Such mir die nächste Landemöglichkeit heraus, Mädchen. Aber wirklich die nächste, denn uns bleibt nicht viel Zeit."

„Bin dabei."

Fieberhaft beschäftigte sich Pia mit ihren Geräten. Ihre Finger flogen nur so über die Tasten und Schalter. Minute um Minute verging, dann stieß sie erleichtert hervor: „Da! Ich hab was, Holger. 20 Meilen entfernt an Steuerbord. Eine kleine Insel, unbewohnt."

„Sandstrand?"

„Kann schon sein, ist aber nicht sicher. Es gibt ein

paar Bäume, wahrscheinlich Palmen."

Holger leitete die Kurve sehr vorsichtig ein, da Rosemarie beim Lenken nicht mehr helfen konnte. Sie musste sich vollkommen auf die Fluglage konzentrieren.

Endlich kam die Insel in Sicht. Sie hatte die Form einer langgestreckten Mondsichel, die in nahezu Nord-Süd-Ausrichtung im Pazifik lag. In der Bucht schimmerte das Wasser hellgrün. Am Sandstrand gab es ein paar Schatten spendende Palmen, die.

Holger verzichtete auf einen Überflug vor der Landung. Das hätte weitere Kurven bedeutet, die Schlitten und Geschirr zusätzlich belastet hätten. Angesichts der flatternden Lederriemen war ihm das Risiko zu groß. Aus einem langen Anflug heraus setzte Holger den Schlitten auf den weißen Strand. Alles sah gut aus, bis die rechte Kufe eine im Sand verborgene Baumwurzel traf. Der Schlitten drohte umzukippen. Er rutschte nur auf der linke Kufe weiter, die sich tief in den Sand eingrub. Die Bremswirkung war enorm. Dicht an Holgers Kopf flog etwas vorbei, das ihn an Franziska von Bergheim erinnerte. Ihn irritierte nur die extrem hohe Stimme, die er so noch nie von ihr vernommen hatte. Klatschend landete sie im grünen Wasser der Bucht.

Jetzt bekam die rechte Kufe wieder Bodenkontakt und erhöhte die Bremswirkung nochmals. Diesmal erwischte es Michael. Er musste nach Franziska Ausschau gehalten haben. Mit auf ihren Landepunkt zugewandtem Gesicht wurde er aus dem Schlitten katapultiert. Er landete, wenn auch viel eleganter, kopfüber im Wasser.

„Sieht aus wie Apollo 13!", kommentierte Holger die ballistische Flugbahn Seiner Gnaden. „Die können im Duett auftreten. *HEAVENS FREESSTYLE FLYERS*! Das gibt exzellente Haltungsnoten für Seine Gnaden."

„So schlecht war Franzi aber auch nicht. Sie lag etwas unruhig in der Luft!", bemerkte Pia glucksend.

38

Damit endeten die Kommentare, denn Michael war bereits recht nahe. Der Einfachheit halber lief er auf dem Wasser. Obwohl er sich bereits durch eine Handbewegung getrocknet hatte, verriet seine Miene nichts Gutes.

„Was war das denn, Holger Holgerson?", fragte er grimmig.

„Tja, also, das sah mir eben nach einer beeindruckenden Leistung von Euer Gnaden aus," antwortete dieser breit grinsend.

„Holger!"

„Schon gut." Der Schlittenpilot stieg mühsam vom Bock. „Einige Steuerleinen sind gerissen. Außerdem haben wir mit einer Kufe eine im Sand verborgene Baumwurzel getroffen. Glücklicherweise kippte der Schlitten nicht um. Die Leine und die Kufe muss ich allerdings reparieren, Euer Gnaden."

„Und unser Zeitgenerator ist samt Wetterblase ausgefallen", meldete Pia zu allem Überfluss. „Damit sind wir ab sofort für alle Welt sichtbar."

„Ursache?", fragte Michael unwirsch.

„Sehr wahrscheinlich ein Programmfehler, denn hier auf dem Überwachungsmonitor habe ich die Fehlermeldung *Syntax Error*! Hoffentlich kann ich das Programm neu starten."

„Hat Ruprecht das Programm auch?" Neben dem Schlitten war Franziska aufgetaucht. Sie glich dem berühmten begossenen Pudel. Ihre Kleidung war klatschnass, Frisur und Make up gar nicht mehr vorhanden.

„Natürlich habe ich angeordnet, dass alle Schlitten der FB-Nord mit den neuesten Programmen ausgestattet werden." Michael schaute Franziska verwirrt an. „Für die kommenden Tage brauchen sie die beste Ausrüstung."

„Beste Ausrüstung?", fragte Holger, dem seine Gedanken ins Gesicht geschrieben standen. Zwar konnte man davon dank des Bewuchses nicht viel sehen, doch die aufgerissenen Augen ließen an seinen Gedanken keine Zweifel. „Entschul-

40

digung, Euer Gnaden, aber wenn die Wetterblase bei uns schon ausfällt, dann hält sie über Nordkanada nicht mal die halbe Zeit. Hoffentlich bringt Ruprecht den Schlitten rechtzeitig herunter. Ansonsten ist der nächste Rettungseinsatz fällig."

Michael starrte den Piloten mit gemischten Gefühlen an. Einerseits war er über die Zweifel des *Mammuts* erbost, andererseits erschrocken. Wenn Ruprecht auch noch abstürzte, wäre der gesamte Notplan für die Weihnachtsflüge Makulatur. Er brauchte seinen technischen Leiter wie selten zuvor.

„Wenn meinem Ruprecht was passiert, dann weiß ich nicht, was ich tue", jammerte Franziska.

„Himmelpforten hat keinen Kontakt mit Ruprecht", rief Pia vom Kommunikationsgerät aus. „Das Wetter ist im Norden Kanadas extrem schlecht. Sie können sogar den Notrufsender von Claus zeitweise nicht empfangen. Das sieht mies aus, Euer Gnaden, richtig mies."

„Das wird schon", schnaufte Michael, „Ruprecht

ist unser bester Mann. Wenn einer Claus trotzdem findet, dann Ruprecht."

Michael trat zu Franziska und umriss mit den Händen ihre Figur. Selbstverständlich hielt dabei er einen gebührenden Abstand. Wie von Zauberhand trockneten Haare und Kleidung augenblicklich. Ein Schnippen mit den Fingern und Make up sowie Frisur waren wieder hergestellt. Franziska bedankte sich bei ihm mit leiser Stimme, konnte sich jedoch nicht beruhigen. Immer noch zitterten ihre Hände und ihre Lippen bebten.

„Glaub mir, Franziska, dein Ruprecht wird es schaffen." Michael blickte ins Nichts über sich, als wolle er Zustimmung hören. Doch es blieb still. Daher fuhr er fort: „Himmlischer Beistand ist deinem Ruprecht gewiss."

Holger schüttelte den Kopf und wandte sich lieber dem Gespann zu. Er untersuchte die gerissenen Riemen eingehend. Dann trat er zu Rosemarie, die mit schuldbewusst gesenktem

Kopf dastand. Sie blickte nicht einmal auf, als Holger sich direkt vor ihr aufbaute.

„Rosemarie, wie oft hab ich dir schon gesagt, du sollst nicht aus Langeweile am Geschirr knabbern?", fragte er betont leise. „Hundertmal reicht bestimmt nicht mehr. Heute hast du uns und die gesamte Mission in Gefahr gebracht. Geht es vielleicht jetzt in deinen Schädel, dass du deine Zähne vom Geschirr zu lassen hast!"

„Ich wollte es ja gar nicht, Holger", seufzte sie, „aber dann wurde es so langweilig und ich versank sozusagen in Gedanken und als ich aufwachte war die Riemen gerissen."

„Umfassendes Geständnis", knurrte Holger, „was soll ich mit dir machen? Flugverbot?"

Rosemarie senkte den Blick. „Ich weiß es auch nicht."

„Dacht ich mir, würde Ruprecht jetzt sagen. Ich sage dir: Wenn das nicht aufhört, und zwar sofort, dann bist du nicht mehr im Gespann, Rosemarie. Ich verliere dich ungern, doch das Risiko ist mir zu groß. Das ist deine letzte Chance!"

„Danke, Holger. Ich mach es bestimmt nicht mehr."

„Bis zum nächsten Mal", murmelte Eberhard neben ihr und kassierte dafür einen eleganten aber dennoch kräftigen Huftritt.

Holger schüttelte den Kopf und begab sich zum Schlitten. Aus dem Heckabteil holte er sein Werkzeug und machte sich an die Arbeit.

„Die Wetterblase baut sich langsam wieder auf. Auch der Zeitgenerator ist im Restart, Holger", rief Pia vom Bock herunter. „In zwei Stunden sind wir wieder voll einsatzfähig."

„Hoffentlich, ich brauch hier gleich mal Hilfe beim Wechseln des Geschirrs. Die Riemen müssen in der Werkstatt geflickt werden."

Pia und der Co Pilot Hans Heinrich Brockmann, ein Blondschopf mit der Figur eines Kleiderschranks, kamen nach vorne und sahen sich den Schaden an. Kopfschüttelnd holte Hans Heinrich Teile des Reservegeschirrs aus der

44

Ersatzteilkiste. Schweigend machte sich die Crew an die Arbeit.

Franziska und Erzengel Michael begaben sich währenddessen in den Schatten der wenigen Palmen, die nahe am Strand einen schmalen Gürtel bildeten. Die Sommersonne heizt die Luft hier in der Nähe des Äquators ziemlich auf. Franziska hatte sich daher bereits der warmen Fliegerkleidung entledigt. Sie hatte die Hosenbeine der Leggins hochgekrempelt. Als Oberteil diente ihr ein T-Shirt.

Michael dagegen schwitzte in seiner dicken Winterhose vor sich hin. Bisher hatte er nur seine Pelzjacke abgelegt. Das dunkle Hemd zeigte bereits deutliche Spuren der Hitze.

„Machen sich's doch luftig, Euer Gnaden", sagte Franziska nach einer Weile. „Es ist doch viel zu warm. Außerdem können die Sachen im Wind trocknen. Meinetwegen brauchen's kaane Bedenken net hab'm."

„Danke, ich nehme das gerne an", antwortete

Michael zögernd.

„Nur zu, es ist angenehm, wenn man net zu dick a ´zogen ist. Legens ruhig ab." Franziska legte sich in den warmen Sand und rekelte sich. „Nach dem langen Flug genieße ich die Entspannung."

„Das ist durchaus wahr. Leider hat die Crew nicht viel davon." Michael drückte sein Hemd an den rauen Baumstamm, an dem es mit himmlischen Kräften wie auf einem Bügel hängen blieb.

„Die Crew hat auch schon die dicken Sachen aus ´zogen. Recht so."

Michael schaute kurz zum Schlitten, an dem Holger und Hans Heinrich in Boxershirts und Pia in Hemdchen und Slip an der Kufe arbeiteten. Die nackten Rücken der Männer glänzten vor Schweiß. Hans Heinrich stemmte gerade den Schlitten hoch. Das konnte Michael nicht mit ansehen. Er hob die Hand. Der Schlitten neigte sich weiter auf die Seite. Hans Heinrich, so unerwartet von der Last befreit, fiel glatt aufs Gesicht.

„Danke, Euer Gnaden, aber nicht mehr kippen",
rief Holger, der sich das Lachen nicht verkneifen
konnte. „So ist es ideal."

„Gerne, kann ich sonst noch helfen?"

„Nee, danke, das genügt schon", antwortete Hans
Heinrich und spuckte Sand.

Die Crew schaffte es die Kufe in weniger als 30
Minuten zu richten. Die ausgewechselten Teile
sammelten sie sorgfältig ein, denn es sollte kein
Zeichen ihres Zwischenstopps zurückbleiben.

Eine Stunde später, die Crew hatte Dank der
langsam startenden Programme ein ausgiebiges
Bad im Pazifik nehmen können, startete der
Schlitten zur letzten Etappe.

*

Die Fidji Inseln empfingen die Abordnung aus
Himmelpforten mit herrlichem Sommerwetter.
Der Crew bot sich ein fantastisches Bild. Hohe
Palmen und eine Vegetation, die an Farbenpracht
kaum zu übertreffen war, überzogen die Inseln.
Stahlblaues Meer mit sanfter Dünung, dessen

Farbe im Uferbereich in Türkis wechselte, bildete den perfekten Rahmen.

„Dat ist vielleicht ein Fleckchen Erde." Holger genoss den Anblick beim ersten Überflug. „Ein Land zum Verlieben. Nikolaus wird dammig wütend sein, wenn er erfährt, dass er seinen Urlaub abbrechen muss."

„Mir ist die Bedeutung des Wortes *dammig* wohl bekannt, Holger Holgerson", brummte der Erzengel Michael aus dem hinteren Teil des Schlittens. „Dir dürfte bewusst sein, dass ich derartige Flüche nicht akzeptieren kann."

„Dat wär doch kein Fluch nich, Euer Gnaden", verteidigte sich Holger, „dieses Wort benutzen wir Nordeuropäer zur Bekräftigung unserer nachfolgenden Aussage. Zumindest sagt das meine Christine immer. Die muss dat wissen, denn die ist Lehrerin, ist die."

Michael verdrehte ob der Argumentation die Augen. Bewegen konnte er sich nicht, denn Franziska von Bergheim hatte ihren Kopf an

48

seine Schulter gelegt und schlief tief und fest. Ihm gegenüber saß Hans Heinrich Brockmann und grinste in sich hinein. Er verstand Holgers Einwand nur zu gut, zumal die Abneigung des Erzengels gegen den norddeutschen Dialekt bekannt war.

„Fertigmachen zur Landung", verkündete Pia Poulsen. „Wissen Euer Gnaden, wo Nikolaus Quartier bezogen hat? Wir müssen nämlich auf Grund des nur mangelhaft funktionierenden Raumzeitgenerators so dicht wie möglich an Nikolaus Unterkunft landen."

„Warte, ich habe einen Zettel." Nun musste sich Michael bewegen, denn der besagte Zettel befand sich in seiner Jackentasche.

„Sind wir da?", fragte Franziska, als der Erzengel in seiner Tasche nach dem Merkzettel suchte. „Es ist aber sehr warm hier."

„Jo, treck di de Jack ut", meldete sich Holger von vorn. „Oh, tut mir leid, Euer Gnaden."

„Hoffnungslos", knurrte dieser und reichte den

49

Zettel nach vorn. Dann bemühte er sich Franziska beim Ausziehen der dicken Felljacke behilflich zu sein. Der beschränkte Raum brachte einige körperliche Karambolagen mit sich, für die sich der Erzengel stets entschuldigte.

„Sie brauchen´s net jedes mal ´tschuldigen, Euer Gnaden", sagte Franziska lächelnd, „es is halt so eng da."

Der einsetzende Landeanflug entledigte Michael einer Antwort. Statt dessen musste er Franziska, die aufgestanden war, durch kräftiges Zugreifen vor dem Herausfallen retten. Diesmal verzichtete er auf eine Entschuldigung.

„Dank schön, Euer Gnaden." Franziska richtete ihre verrutschte Kleidung, ehe sie wieder Platz nahm.

Sekunden später setzte der Schlitten sanft auf dem weißen Sandstrand auf und kam in unmittelbarer Nähe eines Holzbungalows zum Stehen. Holger wendete den Schlitten sofort, sodass er für den Start ausgerichtet war.

50

„So, wir sind da, Euer Gnaden", meldete Pia, als der Schlitten zum Stehen gekommen war. Sie drehte sich um. „Der Schlitten ist im Bereich des stationären Generators."

„Ich weiß", murmelte Michael und ließ sich von Hans Heinrich beim Aussteigen helfen.

Franziska und der Erzengel überquerten die wenigen Meter Strand und traten auf die Terrasse des Strandhauses. Der feine Sand knirschte unter ihren Schuhen, als sie sich der Tür näherten.

„Ich übernehme das Reden, Euer Gnaden", flüsterte Franziska, „dann wird Nikolaus es besser aufnehmen."

Im Haus erblickten sie zuerst Nikolaus´ hochgerecktes Hinterteil, das kaum bedeckt war. Er kniete auf dem Boden, den Kopf an die Dielen gepresst.

„Was suchst du denn da?", fragte Franziska ihren Bruder ohne Vorwarnung.

Wie eine Rakete schoss Nikolaus` Kopf hoch. Dabei hatte er allerdings den Couchtisch über seinem heiligen Haupt außer Acht gelassen. Die Tischplatte stoppte die Bewegung nicht nur abrupt, sondern auch mit einem lauten „Dong". Das folgende vielfältigen Klirren kündete von herunterpolternden Flaschen. Ein lautes Stöhnen krönte diese eindrucksvolle Geräuschkulisse.

„Hast du dir weh getan, Liebling", ertönte eine besorgte Stimme. Sie gehörte Myrna Detroid, die in Unterwäsche ins Zimmer stürzte.

Erschrocken blieb sie angesichts der Besucher im Türrahmen stehen. Sie versuchte gar nicht erst, ihre spärliche Bekleidung durch herum wedelnde Arme zu ergänzen. Die freien Flächen waren einfach zu groß.

Das Abbild von Nikolaus auf Vorder- und Rückseite ihres Slips, ein Geschenk von Nikolaus anlässlich ihres gemeinsamen Einsatzes in Paris, ließ Michael erschrocken wegsehen. Als Mann von Welt schaute er lieber zu Boden als auf die zugegeben reizende Figur der DA Technikerin. Doch Nikolaus in gepunkteten Boxershorts war

52

auch kein erbaulicher Anblick. Seufzend wandte sich Michael dem Fenster zu.

„Oh, Besuch", rief Myrna, hielt sich die Hand vor den Mund und flitze wieder hinaus. „Komme sofort wieder."

„Besuch? Wer denn?" Nikolaus rappelte sich hoch und rieb sich den Kopf. „Wer soll uns denn hier besuchen?"

Erst jetzt drehte er sich der Terrassentür zu und erblickte die Angekommenen. Erschrocken wandte er sich ab und rannte ebenfalls aus dem Zimmer. Allerdings übersah er in der Hektik den neben der Tür abgestellten Besen. Sein schwungvoller Tritt beschleunigte den Stiel vehement. Dessen rasante Fahrt endete an seiner Stirn. Den Schmerz behielt Nikolaus nicht für sich!

„Oh Liebling, der Besen!", rief Myrna und kam, nun züchtig in einen Bademantel gehüllt – Pink mit roten Blüten bedruckt – zurück. Sie hüllte den jammernden Nikolaus in seinen hellblauen

Morgenmantel und drückte ihm ihre kühle Hand auf die Stirn. Das führte zu erneutem Aufstöhnen.

„Wir sollten uns setzen", sagte Michael, dem langsam sehr warm in seiner Jacke wurde. Er war sichtlich genervt. „Wir sind nicht zum Spaß gekommen."

„Aber legen Sie doch ab, Euer Gnaden", sagte Myrna. Sie nahm ihm das wärmende Kleidungsstück ab. „Hier ist Sommer."

„Was du nicht sagst, Myrna", knurrte Michael.

„Was ist denn so wichtig?", fragte Nikolaus, als Myrna aus der Diele mit einem nassen Lappen zurückgekehrt war. „Wenn ihr hier auftaucht, dann hat das nichts Gutes zu bedeuten."

Er drückte den Lappen auf die Aufschlagstelle des Besenstieles, die sich über dem rechten Auge befand.

„Und wo ist Ruprecht?"

„Der ist irgendwo in Kanada und sucht mit Bernie Nickeldorn nach Claus von Clausenthal", antwortete Franziska, „der Claus ist nämlich bei einem Testflug irgendwo bei den Großen Seen abgestürzt."

„Was macht denn der da oben? Es ist doch bald Weihnachten! Er muss doch den Flugplan studieren, damit er die Treffpunkte einhält."

„Das ist es ja gerade. Der Santa Claus ist au´ krank und darum muss Claus einspringen."

„Jetzt versteh ich gar nichts mehr", stöhnte Nikolaus. „Kannst du mir das alles mal der Reihe nach erklären, liebe Schwester?"

„Im Grunde genommen ist es ganz einfach." Michael schaltete sich genervt ein. „Der für die Ostküsten Kanadas und der USA zuständige Santa Claus hat sich einen Virus eingefangen. Er kann nicht fliegen. Darum muss Claus von Clausenthal seinen Part übernehmen. Dafür fehlt dieser uns nun für Europa. Sein Gebiet musst du übernehmen, Nikolaus von Myra."

„Ich muss was?"

„Du musst Mittel- und Nordeuropa als Weihnachtsmann am Heiligen Abend bereisen."

„Aber Euer Gnaden, ich hab doch Urlaub!"

„Und ich auch", meldete sich Myrna, „das haben Sie selbst genehmigt."

„Das weiß ich doch", schnaufte Michael, dem der Schweiß herunterlief. „Es tut mir entsetzlich leid, aber ich habe keinen Ersatzmann. Nikolaus, Du musst einspringen."

Nikolaus starrte den Erzengel schweigend an. Man konnte die Gedanken, die hinter der faltigen Stirn herum jagten, erahnen. Zu einem Entschluss gekommen, sprang er auf und warf den Couchtisch zum zweiten Mal um.

„Muss das unbedingt sein?", fragte er mit schmerzverzerrtem Gesicht. Sein Schienbein hatte die Tischkante getroffen. „Wer macht den Flugplan, wenn Ruprecht zum Rettungseinsatz in Kanada ist?"

„Ruprecht."

Diesmal war es an Franziska aufzuspringen.

„Euer Gnaden, wann soll er das denn noch machen? Mein Ruprecht braucht auch mal

56

Pause."

„An den Weihnachtstagen hat er ja keine Flüge zu machen, es sei denn, er fliegt für Nikolaus hinaus." Michael schaute die Anwesenden mit zerknirschter Miene an. „Ich hab doch niemand anderen, der das schaffen kann."

„Und wenn Ruprecht zusammenbricht?", fragte Myrna besorgt, die Franziska in die Arme geschlossen hatte. „Er ist auch nur ein Engel."

„Ruprecht ist ein Engel der besonderen Art", erwiderte Michael, „außerdem kann er nicht mehr sterben. Das hat er bereits mehrfach hinter sich."

„Hilft ihm Bernie wenigstens beim Flugplan? Wir haben nur noch wenige Tage!"

„So hat es Ruprecht verlangt. Für diese Zeit ist Bernie von der Auflage, als Labrador in Himmelpforten zu leben, entbunden."

„Und wer hat euch her geflogen?"

„Holger, das *Mammut*", antwortete Franziska, „er wartet mit seiner Crew draußen."

Nikolaus ging kopfschüttelnd in die Küche und

holte eine Kanne Kaffee und Becher. Er schenkte jedem ein und nahm wieder neben Myrna Platz, die ihm sofort wieder den Lappen auf die Stirn drückte.

„Diese Farce, dass Bernie nur als Hund in Himmelpforten leben darf, ist so was von krass! Er hat doch die Wahrheit gesagt."

„Keine Diskussion über den Kardinal, Nikolaus", bat sich Michael aus. „Das hat Ruprecht schon mit mir gemacht. Dafür haben wir keine Zeit."

„Kuschelieu ist ein eingebildeter Knilch, der seine Spielchen treibt. Da hatte Bernie vollkommen recht!", sagte Nikolaus trotzdem.

„Euer Gnaden, Sie müssen dafür sorgen, dass der Quatsch bald aufhört. Das ist ein Justizirrtum, ist das, und was für einer."

„Ja, Nikolaus, aber wir müssen eine Antwort von dir haben", drängte Franziska, „du musst mitkommen. Denk an Weihnachten."

„Ich denk allerhöchstens an die armen Kinder, die sonst umsonst auf den Weihnachtsmann warten,

58

meine liebe Schwester. Wir kommen mit!"

„Wir kommen selbstverständlich mit", bekräftigte Myrna, die beim Aufstehen fast ihren Kaffee verschüttete hätte. „Aber anschließend fliegen wir wieder hier her und haben 4 volle Wochen Urlaub auf Himmelskosten!"

„Versprochen", sagte Michael, dem die Erleichterung ins Gesicht geschrieben stand.

Eine Stunde später war der Schlitten beladen und für den Rückflug gecheckt. Holger kletterte auf seinen Platz. Auf sein Zeichen legten sich die beiden Rentiere ins Geschirr. Der Schlitten beschleunigte rasant, hob ab und stieg steil dem wolkenlosen Himmel entgegen.

KAPITEL 4

Am Polarkreis

Ruprecht lenkte den zum Rettungsschlitten umfunktionierten Werkstattschlitten in seiner unnachahmlichen Lässigkeit an den Zügeln durch die dichten Schneewolken über Nordkanada. Das Wolkengebirge, durch das der Schlitten nun seit Stunden flog, zog sich bis ins Zielgebiet der Mission hin.

Professor Bernhard Nickeldorn hatte die Navigation übernommen. Im hinteren Teil des Schlittens saß Doktor Stephanie von Clausenthal, obwohl Ruprecht dort Werkzeug und Ersatzteile verstaut hatte. Nur zögernd hatte sie gestanden, dass sie Fliegen nicht so gut vertrug.

Die Frage nach dem medizinischen Beistand bei diesem Flug hatte sich quasi von selbst geregelt. Für Stephanie von Clausenthal, die Urenkelin des abgestürzten Claus von Clausenthal, war es selbstverständlich als eine der diensthabenden Notärzte mm Suchflug teilzunehmen. Ruprecht

60

hatte die schlanke Ärztin mit den langen blonden Locken nur zu gerne mitgenommen. Ihr Anblick entschädigte für diesen Einsatz im voraus. Außerdem fühlte er sich mit einer Ärztin an Bord für den Einsatz gut gerüstet.

Professor Bernhard Nickeldorn, seines Zeichens die Koryphäe für planetare Navigation, war kurz nach der Ärztin im Hangar eingetroffen. Nach einigen Jahrzehnten, in denen er nur in Gestalt eines Hund in Himmelpforten sein durfte, hatte er Ruprechts Büro heute in seiner menschlichen Gestalt betreten. Wie Erzengel Michael seine Zusage so schnell durchsetzen konnte, hatte Ruprecht gewundert. Er hatte seinen Freund der Ärztin vorgestellt, die von ihm angetan schien. Der große, schlanke Professor war seinerseits von der jungen Frau sichtlich begeistert. Seine blauen Augen hatten geradezu gefunkelt, als er ihr die Hand gegeben hatte.

Die Turbulenzen schüttelten die Besatzung durch. Mal riss ein Aufwind den Schlitten ohne

Vorwarnung nach oben, dann sackte er wieder abrupt ab. Ruprecht und die Gespanntiere, Hubertus und Engelbert, kämpften darum, den Schlitten trotz der schweren Windböen auf Kurs zu halten. Kritisch schaute Ruprecht auf die Instrumente. Die Wetterblase wurde bis an ihre Belastungsgrenze beansprucht. Bläuliche Blitze entstanden an den Außenrändern und tauchten den Schlitten in gespenstisches Licht.

„Was ist das, Ruprecht?", fragte Stephanie ängstlich, als die ersten blauen Entladungen auftraten.

„Nichts Schlimmes", antwortete er, „das ist nur die Wetterblase. Wir haben sehr schlechtes Wetter rund herum."

„Aber sie hält doch?"

„Abba sischer doch", schaltete sich Bernie Nickeldorn ein, „alles erprobte Technik, meine Liebe."

„Witzbold", zischelte Hubertus, der bereits ernste Schwierigkeiten mit der Sicht bekam. Schnee-

62

flocken durchbrachen die Wetterblase, die ansonsten die Unbilden des Flugwetters von Schlitten und Zuggespann abhielt.

„Wir gehen runter", entschied Ruprecht kurz vor Erreichen der Suchzone, „und warten das Schlimmste ab."

Die Wetterblase gab immer mehr nach, sodass die Rentiere bereits fein mit Schnee überzogen waren. Trotz der Sichtbehinderung erblickte Hubertus einen kleinen, zugefrorenen See und brachte den Schlitten sicher auf das Eis herunter. Aber er hatte die Länge des Sees gnadenlos überschätzt. Nur eine rasch eingeleitete Notbremsung von Ruprecht verhinderte Schäden an Schlitten und Besatzung.

„Man, Hubertus, dass war knapp", knurrte Ruprecht, der sich gerade noch beherrschen konnte. „Nächstes Mal ein bischen besser schätzen."

„Tut mir leid, Chef", gab Hubertus geknickt zurück, „ist jemand zu Schaden gekommen?"

„Nur meine Nerven sind hin. Bernhard und Stephanie sind in Ordnung."

„Wie bereits gesagt, es tut mir entsetzlich leid, aber ..."

„Is ja gut", bremste Ruprecht das Leittier, „alles ist gut gegangen!"

„Danke, Chef, dann bin ich ja beruhigt."

Ruprecht schaute nach hinten, denn Stephanies kurzer Aufschrei bei der Vollbremsung war ihm nicht entgangen. Sie saß nicht mehr auf dem weichen Polster sondern auf dem Boden, eingekeilt zwischen verrutschten Ersatzteilen. Bernie war bereits zu ihr geklettert und befreite die Ärztin aus ihrer misslichen Lage. Anscheinend genoss er ihre Nähe, denn er beeilte sich nicht sonderlich. Als er sich anschickte, ihre Kleidung zu ordnen, musste Ruprecht sich grinsend abwenden. Anscheinend hatte ihm das erzwungene Leben als Hund einigen Nachholbedarf an menschlichen Kontakten beschert. Da Stephanie seinen Bemühungen

64

offensichtlich zugetan war, ließ Ruprecht die beiden alleine im Schlitten. Er sprang herunter und kontrollierte das Geschirr.

*

Der Sturm flaute erst nach zwei Stunden soweit ab, dass Ruprecht einen erneuten Start wagte. Er hatte in der Zwischenzeit den Schlitten und die technische Ausrüstung auf Schäden geprüft. Das „Menscheln" im hinteren Teil des Schlittens hatte er dabei geflissentlich übersehen. Alles war für einen erneuten Start bereit.

„Bernie, komm mal nach vorn", bat er den Professor, der keine Anstalten machte, den Platz des Navigators wieder einzunehmen. „Ich brauch dich am Suchgerät."

„Abba sischer doch."

Bernie verließ sichtlich ungern das warme Plätzchen im Rückraum des Schlittens. Er ließ sich vor dem Monitor des Suchsystems nieder und schaltete es ein. Nachdem die Startroutine des Programms nach etwa drei Minuten endlich beendet war, konnte er sich anmelden. Auf dem Bildschirm erschien zunächst eine Fehlermeldung.

SUCHROUTINE KANN KEINE DATEN AUFNEHMEN.

„Das ändert sich erst, wenn wir oben sind", kommentierte Ruprecht und gab Hubertus das Zeichen zum Start.

Auch diesmal wurde es knapp. Nach dem Abheben konnte der Schlitten nicht steil steigen, sodass die Kufen eine Tanne am Ende des Startwegs streiften. Trotzdem blieb der Schlitten in stabiler Fluglage. Je höher sie in den wolkenverhangenen Himmel stiegen, desto kälter wurde es. Die Sonne war noch nicht aufgegangen.

„Ich kann kaum etwas ausmachen", meinte Bernie nach einer Weile, „ist das Ding überhaupt eingeschaltet?"

„Hast du doch selbst gemacht", brummte Ruprecht „warte einfach einen Augenblick. Wir sind gleich 1100 Meter hoch. Dann geht es vielleicht besser."

„Ah, jetzt hab ich was", rief Bernie erleichtert. „Da sind gleich zwei Ziele am Westufer des großen Sklavensees. Eines verschwindet aber immer wieder. Sind das Störungen, Ruprecht?"

„Das ist eher Mist Made by DIGITAL ANGELS. Gib mal den Kurs."

Der Schlitten drehte auf die durch die Kompasszahlen ausgedrückte Richtung und rauschte weiter durch die Morgendämmerung. Sehen konnte die Besatzung nichts, denn sie tauchten immer wieder in die Unterkante der Wolken ein. Selbst die Wetterblase, die nun wieder funktionierte, brachte keine Hilfe. Das Signal wurde aber immer deutlicher, sodass Ruprecht hoffte, sie würden den Schlitten bald finden.

„Verflixt, Signalverlust!", schrie Bernie plötzlich.

„Was?"

„Das System meldet SIGNALVERLUST. Ich verstehe das nicht! Warte mal, jetzt ist es wieder da. Es ist aber ganz schwach geworden."

„Dat gifft dat doch nich", knurrte Ruprecht und warf einen Blick auf den Monitor.

„Bleib mal einfach auf Kurs. Wir sind bis auf gut 15 Minuten dran. Das muss doch besser werden."

„Hoffen wir es mal."

Ruprecht ließ Hubertus etwas tiefer gehen. Zur Orientierung schaltete er kurz den Landescheinwerfer ein. Das brachte allerdings nichts. Er sah nur einen dichten Vorhang wirbelnder Schneeflocken im Lichtkegel.

„Was hat das Ding denn nun schon wieder", stöhnte Bernie, „ich hab keine Zielpunkte mehr sondern nur noch ein Zielgebiet mit 50 Meilen Durchmesser. Das Ding spinnt jetzt völlig, oder?"

„Macht es immer", zischte Ruprecht, der langsam seine Geduld verlor. „So ein System kannst du in ´ne Tonne hauen, kannst du das."

Die Minuten vergingen, ohne das auf dem Bildschirm eine Änderung eintrat. Sie kamen dem Suchgebiet zwar näher, aber einen genauen

68

Standort des Notrufsenders zeigte das Gerät nicht an.

„Bring mich zum Zentrum des Suchbereichs, Bernie! Von da aus müssen wir im Tiefstflug suchen."

„Bleib auf Kurs. Ich schätze in zwei Minuten sind wir am Rand des Gebiets. Nach weiteren zwei2 Minuten müssten wir über dem Zentrum sein. Ist aber nur eine grobe Schätzung."

Die Schätzung traf allerdings ziemlich genau zu. Nach vier Minuten waren sie nach der Anzeige über dem Zentrum des Suchbereichs. Ruprecht ließ Hubertus sofort den Abstieg einleiten. Der Werftschlitten ging in einer weiten Schleife tiefer. Dabei mussten sie aufpassen, um nicht in den Uferzonen die Bäume oder Sträucher zu streifen. Hubertus lenkte den Schlitten abrupt nach Rechts und schrie: „Da ist sehr viel Licht, Ruprecht. Ich mach´ einen tiefen Überflug."

Ruprecht verzichtete auf eine Erwiderung. Er konzentrierte sich auf den Lichtschein, der durch den dichten Schneefall als heller Fleck sichtbar war. Hubertus ging ganz tief auf die gefrorenen Wasserfläche des Großen Sklavensees herunter. Knapp einen Meter trennte die Kufen vom Eis.

Querab vom Schlitten tauchte eine Bucht auf, an dessen Ufer mehrere Fahrzeuge mit eingeschalteten Scheinwerfern standen. Sie beleuchteten einen abgestürzten Schlitten und herumliegende Trümmerteile. Der Schnee gab den Blick allerdings nur für Sekunden frei. Dichtes Schneetreiben hüllte den Werftschlitten schnell wieder ein.

„Hubertus, kriegst du den Schlitten in die Bucht rein, ohne dass wir irgendwo gegen knallen?", fragte Ruprecht sein Leittier. „Es ist bannich eng."

„Das klappt. Vertrau mir."

„Was soll ich auch sonst tun, mein alter Freund. Setz das Ding aufs Eis."

Die Landung war perfekt. Mit dem letzten Schwung rutschte der Schlitten in den Lichtkegel der Scheinwerfer. Jetzt konnten sie die Szene genauer betrachten. Die mit der Wetterblase gekoppelten Zeit-/Raumgeneratoren sorgten für die Unsichtbarkeit der Rettungsmannschaft.

Ruprecht kletterte vom Bock und blieb neben Hubertus und Engelbert stehen, die ihre verdienten Streicheleinheit bekamen.

Am Ufer standen vier Personen um den zerborstenen Schlitten Nummer 6 herum. Ein Stück vom Schlitten entfernt sah Ruprecht zwei Beine und ein menschliches Hinterteil aus einem Schneehaufen ragen. Das war Claus von Clausenthal, wie Ruprecht an den beschlagenen Stiefeln erkannte. Außerdem steckten die Beine bereits in der roten *Weihnachtsmanndiensthose*. Natürlich hielten die Menschen Claus für tot, was er ja eigentlich auch war. Das sie den momentan hilflosen Weihnachtsmann für Europa vor sich hatten, ahnten sie nicht einmal ansatzweise.

„Der Schlitten ist hin", berichtete Ruprecht seinen Mitfliegern. „Den können wir gleich liegenlassen.

Leider ist der Generator vom Schlitten 6 kaputt gegangen. Wir müssen alle Technik aus den Resten ausbauen. Nichts darf zurück bleiben, Leute. Außerdem steckt Claus kopfüber in einem Schneehaufen. Wir müssen ihn da raus holen, bevor die Menschen ihn ausbuddeln. Die kriegen sonst einen Riesenschreck. Eure Vorschläge sind willkommen."

Bernie und Stephanie zuckten hilflos mit den Schultern.

„Wir haben bei derartigen Situationen doch keine Erfahrung, Ruprecht", ließ Stephanie vernehmen. „Ich könnte mich in so ein enges, kurzes Christmasgirl-Kostüm zwängen und sie ablenken. Aber das hält doch nicht lange an."

„Könnte aber reichen um die Leute unbemerkt erstarren zu lassen", dachte Ruprecht laut, „Hubertus kommt dann dichter ans Ufer, sodass die Wetterblase auch die Menschen schützt. Wir haben dann etwas Zeit die Geräte auszubauen und den Zerstörungsmechanismus des Schlittens 6 zu aktivieren. Als erstes holen wir allerdings Claus aus dem Schnee. Du kümmerst dich um ihn, Stephanie. Bernie und ich bauen die Geräte aus. Engelbert schirre ich aus. Er soll nach dem Gespann suchen. Pauline und Patrick können nicht weit weg sein."

„Sind sie auch nicht", meldete sich Engelbert zu Wort. „Schau mal da in die Tannen. Sie haben sich im Geäst versteckt. Sollen sie kommen?"

„Nein, erst wenn die Menschen erstarrt sind."

„Okay."

„Also, du darfst anfangen, Stephanie. Dein Auftritt als Christmasgirl ist gefragt!"

Sekunden später stand Stephanie von Clausenthal in einem roten, voll auf Figur geschnittenen, sehr kurzem Kostüm vor Ruprecht und Bernie. Letzterer musste auf einmal sehr schnell Atem holen. Sein Kopf wurde knallrot und die Brillengläser beschlugen.

„Stephanie, du siehst fantaschtisch aus", murmelte er.

„Klar sieht die Deern toll aus", bestätigte Ruprecht grinsend. „Ein durchaus gelungenes Kostüm. Es wird die Leute ebenso in Atem halten wie unseren lieben Bernie. Das gibt mir genug Zeit alle vier erstarren zu lassen. Also los, Leute."

Stephanie ging vorsichtig auf ihren knallroten, hochhackigen Schuhen zum Rand der Wetterblase. Nach einem tiefen Atemzug durchschritt sie ihn. Dicht neben ihr schlüpfte Ruprecht zu einem Schneehaufen.

„Hallo Leute, was habt ihr denn da gefunden?", rief Stephanie laut. Sie hob die Arme und winkte, um die Aufmerksamkeit der Anwesenden auf sich zu lenken. Das gelang ihr umgehend. Alle starrten sie wie das Siebte Weltwunder an. „Ich bin das Christmasgirl. Braucht ihr Hilfe?"

„Danke, alle im Kasten", rief Ruprecht, „die können dir nicht mehr antworten. Sie schlafen tief und fest. Hubertus, komm ans Ufer. Pauline und Patrick, ihr könnt mal aufsteigen und die Gegend nach Störenfrieden absuchen. Dann kommt ihr in

74

die Blase."

„Sind unterwegs", antworteten die beiden Rentiere und lösten sich aus ihren Verstecken.

Nur Bernie stand wie angewurzelt im Schlitten und starrte Stephanie an.

„Eh, Bernhard Nickeldorn", schrie Ruprecht daher übertrieben laut, „bewege er seinen Astralkörper und buddel mal Claus mit aus. Stephanie kannst du nachher anstarren. Sie kann dat Kleidchen ja behalten."

„Danke, Ruprecht." Sie warf ihm die Arme um den Hals und gab ihm einen Kuss auf die Wange. „Du bist richtig lieb."

„Aber sach dat man lieber nich Franziska und auch keine von ihren Freundinnen wie etwa Hermine von Knickebein."

„Versprochen." Stephanie spielte nervös mit ihren Fingern. „Könnte Bernie auf dem Rückflug hinten bei mir sitzen? Vielleicht brauche ich Hilfe, wenn es Urgroßvater schlechter geht. Außerdem fühle ich mich sicherer, wenn Bernie neben mir sitzt."

„Schon klar. Meinetwegen." Er zwinkerte verständnisvoll lächelnd. „Vergiss nicht, später wird er wieder zum Labrador. Also ..."

„Das mach ich, danke." Sie drückte ihm noch einen Kuss auf die Wange und lief dann zu Claus von Clausenthal.

„Oh, oh, da hat´s aber zwei voll erwischt", flüsterte Ruprecht und zog zwei Spaten aus dem Werkstattschlitten. Mit den Händen ausgraben wollte er Claus von Clausenthal nicht.

Zwei Stunden später hob der Werkstattschlitten vom Eis des Großen Sklavensees ab. In einer weiten Kurve dreht er nach Norden.

Ruprecht machte es sich in seinem Sitz bequem. Er gab Hubertus ein Zeichen das Tempo zu drosseln. Er wollte nicht zu schnell nach Himmelpforten zurückkehren.

KAPITEL 5

Komplikationen in Himmelpforten

Am Abend des 16. Dezember 2002 trafen sich die Beteiligten der Einsätze im Briefing-Room der Flugbereitschaft Nord in Himmelpforten. Erzengel Michael bat Ruprecht von der Rettungsaktion am Großen Sklavensee zu erzählen.

„Wir haben dann Claus von Clausenthal aus dem Schneehaufen gebuddelt und die technischen Geräte aus dem Schlitten ausgebaut", erklärte Ruprecht zum Abschluss seines Berichts. „Den restlichen Schlitten haben wir der Selbstzerstörung überlassen und sind zurück geflogen. Vorher haben wir die Menschen wieder entstarrt. Sie wussten gar nicht, was los war, als sie die verkohlten Schlittenreste sahen."

„Du bist einfach ein Held", flötete Franziska von Bergheim und drückte ihrem Ruprecht einen Kuss auf die Wange.

Hier sollte der Übersicht halber erwähnt werden,

dass Ruprecht weder eine genauere Beschreibung des Christmasgirl-Kostüms abgegeben, noch die Küsse von Stephanie erwähnt hatte. Auch die gewachsene Zuneigung zwischen Stephanie und Bernie ließ er unerwähnt. Das brachte ihm von beiden dankbare Blicke ein.

„Ich glaube, mit Recht sagen zu können, dass alle Beteiligten diese Krise mit Bravour bewältigt haben", lobte Erzengel Michael die Anwesenden. „Die Flugbereitschaft Nord und ihre Angehörigen haben mal wieder ihre besondere Einsatzbereitschaft unter Beweis gestellt. Ich werde das an höherer Stelle gebührend herausstellen."

„Danke, Euer Gnaden, aber so ganz sind wir mit der Krise noch nich durch", meldete sich Ruprecht zu Wort. „Wir haben da dat lütte Problem mit dem Flugplan zu lösen. Wir hoffen ihn bis morgen Abend hinzukriegen. Dat ward aber bannich knapp."

„Ich vertraue da ganz auf dich, lieber Ruprecht."

78

„Tja, dat ist nun mal nicht ganz so einfach, Euer Gnaden. Dr. von Clausenthal muss ihren Urgroßvadder noch untersuchen. Claus steckte stundenlang im Schneehaufen. Hoffentlich ist er flugtauglich!"

„Ich gehe eigentlich davon aus, dass Claus von Clausenthal einsatzfähig ist."

„Tut mir leid, Euer Gnaden, wenn ich diese Hoffnung in Frage stellen muss", schaltete sich Stephanie ein. „Ruprecht hat es schon richtig formuliert. Erst nach einer eingehenden Untersuchung kann ich entscheiden, ob mein Urgroßvater flugtauglich ist."

„Aber dann haben wir ja die übernächste Krise", seufzte Michael und schloss kurz die Augen. „Wie soll das alles noch enden?"

„Wieso die übernächste, Euer Gnaden?" hakte Ruprecht sofort ein. Er witterte förmlich weitere Komplikationen. „Watt wissen wir noch nicht?"

„Um ehrlich zu sein, es gibt Probleme wegen Professor Nickeldorn", gab Michael zu. „Uriel hat eine Konferenz der Erzengel beim Chef beantragt. Er hat Wind davon gekriegt, dass Bernhard Nickeldorn hier in seiner menschlichen Gestalt herumläuft."

„Dat wär de dösige Kardinal", legte Ruprecht sofort los. „Dat Aas dat!"

„Ruprecht, mäßige dich." Der Erzengel starrte ihn entgeistert an.

Doch Ruprecht kochte vor Wut. Seine Finger krallten sich um die Tischkante, sodass die Knöchel weiß hervortraten.

„Nee, dat ist to veel! Ich bün auch nur ´n Mensch. Das kann ich nich mehr hinnehmen tun, kann ich dat nich."

„Ich weiß, was du meinst, mein Freund. Ich bin auch nicht geneigt kampflos aufzugeben. Ich verspreche euch allen, dass ich für Bernhard Nickeldorn kämpfen werde."

„Euer Gnaden, ich brauch Bernie nicht nur für den Flugplan", fügte Ruprecht hinzu, „wenn Claus von Clausenthal ausfallen sollte, brauch ich ihn als Koordinator hier im Tower. Ich muss dann nämlich mit raus."

„Ich weiß, Ruprecht."

„Wie, bitte, soll er dat als Labrador machen?"

„Gar nicht, das ist mir schon klar."

„Also, dann sind wir uns ja einig. Bernie muss als Mensch hier bleiben so lange es geht. Am besten wäre es, wenn dieser ganze Schabernack endlich aufhört."

Michael trat zu Ruprecht und legte ihm die Hände auf die Schultern. „Ruprecht Semmelburger, in diesem Punkt waren wir uns immer einig!"

*

„Haben wir den vermaledeiten Plan nun endlich fertig?", fragte Ruprecht seinen Freund Bernhard Nickeldorn am folgenden Abend.

„Abba sischer doch, Ruprecht. Wir haben alle planbaren Unwägbarkeiten bedacht und Alternativen vorgesehen. Wenn alles so läuft wie wir uns das gedacht haben, dann kriegen wir dat hin. Es darf nur nix schief gehen."

„Du meinst das Wetter! Dat macht mir auch die größten Sorgen."

„Hast du mit Petrus schon gesprochen?"

„Jo, hab ich. Er will uns das passende Flugwetter besorgen. Allerdings ist die Version 2.0 des Wetterprogramms immer noch so unzuverlässig wie die vorherige. Er ist selbst schon völlig verzweifelt."

„Willst du auch einen?" Bernie schob seinen Stuhl zurück und ging zur Kaffeemaschine.

„Kann ich brauchen. Hast du schon was von Stephanie wegen Claus gehört?"

„Nee, noch nicht, abba sie gibt uns sischer gleich Bescheid, wenn sie etwas definitiv sagen kann. Abba, wenn du mich fragst, ich glaub nich, dass er fliegen kann."

Ruprecht warf seinen Bleistift auf den Flugplan und stand auf. Er streckte sich, bevor er sich zu Bernie gesellte. Dankbar nahm er den Becher entgegen und gab etwas Milch hinzu. Nach dem ersten Schluck atmete er tief durch.

„Glaub ich auch nicht. Er steckte nach dem Absturz zu lange im Schnee. Das muss einen ja mitnehmen."

„Eben", bestätigte Bernie.

Schwere Schritte waren auf der Wendeltreppe zu hören, die das Büro mit dem eigentlichen Arbeitsbereich verband. Die Tür wurde nach einem laut gerufenen „Obacht" aufgerissen und Holger, das *Mammut*, Holgerson trat ins Büro.

„Hallo Ruprecht", rief der massige Nordfriese, „du siehst aber gut aus."

„Witzbold", knurrte Ruprecht, dem die Müdigkeit in den Knochen steckte.

„Ich hab die anderen gleich mitgebracht. Bleiben wir hier oder gehen wir in den Briefing-Room für den Plausch."

„Jeder nimmt sich einen Kaffee und geht dann schon eine Tür weiter", entschied Ruprecht angesichts der eintretenden Besatzungsmitglieder. Im Gegensatz zu sonst, hatten die Piloten anscheinend darauf gedrängt, dass die Crews vollständig an der Einweisung teilnahmen.

„Passt du heute besser mit deinem Stuhl auf oder muss ich ihn wieder vor dem Absturz retten?", fragte Pia Poulsen lächelnd, als sie sich an Ruprecht vorbei drückte. „Mach ich gerne für dich."

„Das wusste ich noch gar nich", konterte er. „Ich sach Bescheid, wenn ich di daför brauchen tu."

„Stets gern zu Diensten."

Nikolaus kam mit einer großen Keksdose herein. Er warf seien Jacke über seinen Stammstuhl am kleinen Tisch vor den Regalen.

„Hat mir Franziska mitgegeben", kommentierte er sein Mitbringsel, „sie meinte, es könnte mal wieder länger dauern."

„Wie recht sie hat", schnaufte Ruprecht, „dann lass uns mal."

Ruprecht und Bernie warteten bis alle im Briefing-Room einen Platz gefunden hatten. Dann erst traten sie an die freie Kopfseite des Tisches und ließen sich nieder. Bernie legte den

84

ausgearbeiteten Flugplan auf den Tisch.

„Alle versorgt?", fragte Ruprecht auf seine Kaffeetasse deutend. „Nikolaus hat von Franziska Kekse mitgebracht. Greift bitte zu."

Er warf einen Blick auf den vor ihm liegenden Plan. „Dann können wir loslegen. Bernie und ich haben in den vergangenen 24 Stunden einen Flugplan ausgearbeitet, der auf die momentane Krisensituation Rücksicht nimmt. Falls jemand es noch nicht mitgekriegt haben sollte: Der für Nordamerika zuständige Santa Claus Herold Geordano, kann nicht eingesetzt werden. Den Part sollte ursprünglich Claus von Clausenthal übernehmen. Leider ist dieser über Kanada abgestürzt. Claus ist zu Untersuchungen im Krankenhaus. Wir müssen davon ausgehen, dass er nicht flugtauglich ist. Das ist die Ausgangslage für den Plan, den Bernie euch vorstellen wird."

Bernie erhob sich und erklärte den Besatzungen eingehend den erstellten Flugplan. Dabei ging er auf die Probleme, insbesondere den engen

Zeitplan mit dem nicht vorhandenen Puffer, ein.

„Bleiben zwei Fragen offen", meldete sich *das Mammut*, einer der erfahrensten Piloten, nachdem Bernie seinen Vortrag beendet hatte. Er war dafür berüchtigt, den Finger stets in die schmerzhafteste Wunde zu legen. „Wer fliegt mit Ruprecht die Ostroute, denn die hast du dir wohl herausgesucht."

„Das hab ich bereits mit der Flugschule abgeklärt", antwortete Ruprecht, „und wehe einer von euch gibt Franziska gegenüber blöde Kommentare ab."

„Wir doch nischt", empörte sich Jean-Claude Marode, der erfahrene französische, genauer gesagt bretonische Schlittenpilot. „Wir stehen doch zu dir, mein Rüprescht."

Ruprecht grinste seinen alten Freund breit an. „Jean-Claude, etwas anderes wollte ich nicht hören.

Also, ich werde eine junge Pilotin mitnehmen. Sie heißt Anika Söderström und war im letzten

86

Leben Pilotin in Kanada. Sie kam vor drei Jahren zu uns und entschied sich dem Flugdienst beizutreten. Bei der Vorbildung konnte ich nicht ablehnen. Außerdem war ich sauer, dass uns die Flugbereitschaften Süd und Pazifik seinerzeit die Mädels vom *PUDERQUASTENCLUB* weggeschnappt haben. Leider gingen auch einige Damen aus Europa, die zu den Pionieren der Luftfahrt zählen, zur FB Süd. Wie ich den dortigen Leiter, Enrico da Culpa e Paradiso, kenne, hat er weder Kosten noch Mühen gescheut, die Damen anzuwerben. Dafür hat er immer noch kein funktionierendes Rettungswesen. Sei es drum, Anika kommt zu uns und ich fliege mit ihr die Osttour."

„Bleibt die Frage, wer mit mir fliegt", meldete sich Nikolaus. „Ich nehme auf alle Fälle Hubertus und Engelbert als Gespann. Daran gibt es nix zu rütteln."

„Dachte ich mir", murmelte Ruprecht, der den Dickkopf seines Schwagers kannte. „Damit haben wir keine große Auswahl. Wie ihr gesehen habt, haben wir das *Mammut* samt Crew und Gespann für Frankreich vorgesehen. Er könnte mit Hubertus und Engelbert klar kommen und Nikolaus fliegen. Doch was machen wir mit seinem Gespann?"

„Also, ich gebe Eberhard und Rosemarie nur sehr ungern her. Rosemarie ist ziemlich auf mich fixiert. Sie ist so sensibel." Holger Holgerson setzte eine entschlossene Miene auf. „Ich seh dat ook gar nich ein, dat Hubertus und Engelbert den Vorzug haben sollen, tu ich nich."

„Okay, wen haben wir sonst noch in der Auswahl? Alfred, wie sieht es mit dir aus? Du kennst schließlich die Route auswendig."

Der Amerikaner schüttelte energisch den Kopf. „Sorry, Ruprecht, ich komme mit den beiden nicht zurecht. They are very special. Ich fliege Nikolaus gerne mit meinem Gespann, aber nicht mit Hubertus und Engelbert."

Jean-Claude rutschte unruhig auf seinem Stuhl

hin und her. Er hob zögernd die Hand.

„Ja, Jean-Claude, ich kenne deine Konfirmandenblase, du darfst aufs Clo gehen", brummte Ruprecht genervt. „Ich brauche jemanden, der Nicki fliegt."

„Isch würde es machen", meldete sich Jean-Claude zu Wort und rückte sein grünes Barett zurecht. „Isch genne Hübertüs und Engelbert ganz gut. Isch hab sie doch von die Fidji-Inseln ssurückgebracht. Traust du mir nicht ssu, den Nikolaus sischer ssu fliegen?"

„Natürlich traue ich es dir zu", erwiderte Ruprecht. Insgeheim wunderte er sich, dass er mehr an Jean-Claudes Blase als an dessen Flug von den Fidji Inseln gedacht hatte. „Hast du einen Ersatz für dich als Versorgungspilot über Westeuropa?"

„Natürlement, mein Rüprescht, isch weiß, dass Andre Gascoigne mit meine beiden Lieblinge Michelle und Marie-Antoinette ssüresch gommt. Er ischt mit mir in vergangenes Jahr die Tour geflogen. Das klappt bestimmt."

„Auch bei Mistwetter?"

„Meine beiden Rentiere sind erfahren genug. Sie werden ihn unterstützen."

„Nicki?", wandte sich Ruprecht an seinen Schwager, „bist du auch einverstanden?"

„Jean-Claude war doch schon mit mir über der amerikanischen Ostküste eingesetzt", sagte Nikolaus. „Wir kommen klar. Alfred, du solltest uns bei den Vorbereitungen zur Hand gehen."

„No problem, Nicki, das mach ich gerne." Der Amerikaner schien sichtlich erleichtert zu sein.

„Ich kann dafür den Rettungsschlitten Ostküste übernehmen, dann bin ich besser für euch erreichbar."

„Das machen wir so", legte Ruprecht schnell fest. Er schaute in die Runde. „Weiter Vorschläge?"

Niemand meldete sich zu Wort. Daher fuhr Ruprecht fort: „Die Geschenkeverteilung übernehmen: Nikolaus für die Ostküste der USA und Kanadas, Seine Gnaden Michael für

90

Mitteleuropa, Giacomo Diletante übernimmt den Süden, Klaas van Porten ist für Nord- und Westeuropa zuständig und ich übernehme den Osten.

Die Versorgungsschlitten setzen sich wie folgt zusammen: Winston Appleby, Andre, Winnie Stützbach und Wladimir Andrejew decken mit ihren Schlittengruppen Europa ab. Nordamerika versorgen wie geplant die Gruppen von John „The Singer" Trafalgar, Simon Dancer und Herbert Ham-Burger. Rettungsflieger sind Alfred Peacock für Nordamerika, Isidor Neuburger für Nord- und Mitteleuropa, und Jan Kubicki für Süd- und Osteuropa. Dann haben wir noch drei Gruppen als Ergänzung. Benny Nordquist unterstützt Nord- und Mitteleuropa, Karl Godewind steht für den Süden und Osten zur Verfügung und Sam Lester übernimmt Nordamerika. Das sollte ausreichen. Alles klar?"

Er blickte in die Runde. Dann werden wir den Plan so umsetzen. Ich lege ihn Seiner Gnaden vor." Ruprecht stand auf.

„Moment", wandte Nikolaus ein. Grinsend zog er aus seinem Rucksack zwei große Thermosflaschen hervor. „Macht eure Becher leer, Freunde. Darauf gibt es einen Glühwein a la van Buren."

*

Ruprecht betrat die Villa des Erzengels Michael mit einem Grummeln in der Bauchgegend.

Ein bezaubernder Engel in Blond öffnete ihm und führte ihn zum Arbeitszimmer des Erzengels. Sie klopfte zaghaft an die schwere Eichentür.

„Ja doch, herein", ertönte die Stimme Michaels. Es klang nicht sehr entspannt.

„Seine Gnaden mal wieder sauer?", fragte Ruprecht den Engel.

„Ja, seit seiner Rückkehr von der Besprechung mit den anderen Erzengeln ist Seine Gnaden bei keiner guten Stimmung", gestand die Kleine lispelnd. Sie hatte eine verführerisch gerundete Figur. „Er tobt wegen jeder Kleinigkeit. Können

92

Sie sich das erklären?"

„Sagen wir mal, ich habe da eine Vermutung", gestand Ruprecht. „Es hat aber garantiert nichts mit dir zu tun. Tu mir übrigens den Gefallen und nenn mich einfach Ruprecht, okay? Wir sitzen doch alle im gleichen Boot."

Sie lächelte ihn erleichtert an. „Gerne, Ruprecht."

Er schob sich am Engel vorbei und betrat das Arbeitszimmer des Erzengels. Dieser saß am zentralen Möbelstück, dem Mahagonischreibtisch von Petrus, und funkelte Ruprecht an. Die zusammengezogenen Brauen seiner Gnaden verhießen nichts Gutes.

„Ah, Ruprecht, ich hoffe, du bringst gute Nachrichten", begrüßte Michael seinen wichtigsten Mitarbeiter. „Schlechte Nachrichten habe ich selbst genug."

„So, na denn sollte ich wohl lieber wieder gehen", meinte Ruprecht grinsend.

„Untersteh dich!"

„War nur ein Scherz, Euer Gnaden. Ich bleib

schon da."

„Setz dich. Einen Glühwein?"

„Sach ich nich nee." Ruprecht ließ sich auf dem Besucherstuhl, den er insgeheim „Beichtstuhl" nannte, nieder. Er schob den Aktenordner auf den Tisch. „Bernie und ich haben den Flugplan fertig. Die Besatzungen sind bereits informiert und bereiten sich vor."

„Sehr gut." Michael orderte den Glühwein beim Engel. Er zog den Ordner zu sich heran und blätterte darin. Trotz des wissenden Blicks war sich Ruprecht sicher, dass der Erzengel nichts aus den Unterlagen herauslesen konnte. „Sieht gut aus."

„Danke", erwiderte Ruprecht, „ich hoffe, Euer Gnaden können dem Entwurf zustimmen."

„Dein Name ist auch verzeichnet. Du gehst also mit raus?"

„Muss ich doch, Euer Gnaden, sonst schaffen wir es nicht. Wird so schon bannich eng."

„Mich hast du auch vorgesehen!"

„Jo, wir haben sonst niemanden mehr mit Verteilererlaubnis, Euer Gnaden."

„Ruprecht, ich will nicht lange um den heißen Brei herumreden. Die Besprechung ist nicht gut ausgegangen." Michael kam hinter dem Schreibtisch hervor. „Uriel verlangte die sofortige Rückversetzung von Bernhard Nickeldorn in die ihm zugestandene Gestalt."

„Junge, nee, warum dat denn?"

„Uriel behauptet, die Aufgabe, für die er in seine ursprüngliche Gestalt schlüpfen durfte, wäre erledigt."

„Ich brauch Bernie so wie er ist, Euer Gnaden. Da kann Uriel reden, soviel er will. Wir haben den Auftrag Weihnachten nicht ausfallen zu lassen. Wir können es schaffen, aber nur mit Bernie. Wenn Uriel uns Bernie verweigert, dann war es das mit Wiehnachten. Dann is zappenduster."

„Gibt es keinen anderen Ausweg?"

„Nee, da geht nix", bekräftigte Ruprecht, „wenn Bernie wieder zum Labrador wird, dann muss ich hier bleiben. Den Einsatz kann kein anderer koordinieren. Das muss Uriel doch einsehen. Will er den Menschen Weihnachten versauen?"

„Die Frage habe ich in der Runde auch gestellt, allerdings mit anderen Worten. Uriel meinte, das eine habe nichts mit dem anderen zu tun. Allerdings schien er mir etwas schlecht vorbereitet, als die Diskussion in diese Richtung abdriftete."

„Da hat seine Schleimigkeit, der Kardinal, wohl etwas geschlampt. Seiner Eitelkeit soll Weihnachten geopfert werden? Das kann doch nicht wahr sein, kann dat nich."

„Ist es auch nicht", sagte Michael und hob besänftigend die Hände. „Die Entscheidung ist noch nicht gefallen. Ich soll dazu den Flugplan vorlegen. Kann ich diesen haben oder musst du ihn behalten? Wir müssen dann eine Kopie machen?"

Die blonde Engelsgestalt brachte mit dem bestellten Glühwein. Sie stellte die Becher auf dem Tisch ab und schenkte Ruprecht ihr bezauberndstes Lächeln, bevor sie ging.

„Ich brauch diesen Plan, weil ich darauf Änderungen vornehmen kann." Ruprecht knüpfte wieder an das Thema an. „Auf einer Kopie kann ich nicht radieren, Euer Gnaden. Der Plan muss permanent nachgerechnet und korrigiert werden. Das kann aber nur jemand, der ihn mit aufgestellt hat. Um Änderungen sinnvoll durchzuführen, muss man die Hintergründe der Planung kennen."

„Ist das wahr, Ruprecht? Wenn das eine durchschaubare Ausrede ist, dann geht die gesamte Besprechung schlecht für uns aus."

„Es stimmt Wort für Wort", bestätigte Ruprecht. „Änderungen kann jeder vornehmen, aber sinnvoll etwas ändern kann nur jemand, der alle Hintergründe kennt."

„Ich verlasse mich auf dein Wort, Ruprecht." Michael trat an den Besucherstuhl heran und legte Ruprecht die Hände auf die Schultern. „Worauf muss ich gefasst sein? Was kann Uriel vorbringen?"

„Er wird versuchen, Ihnen jemanden aus seiner, also aus des Kardinals Abteilung unterzujubeln. Er wird sich den Plan anschauen und behaupten, er könne den Plan koordinieren. Dabei wird er ihn kaum richtig lesen können. Euer Gnaden wissen, wie schwer das ist."

„Das ist wahr, Ruprecht."

„Dann wissen Sie, dass er lügt. Fragen Sie ihn einfach nach den Überschneidungen der Versorgungsschlitten und dem Grund dafür. Er wird nicht antworten können."

„Und was ist der Grund?"

„Euer Gnaden haben gesehen, dass wir nur drei Ergänzungsgruppen haben. Wir müssen den Versorgern wegen der langen Anmarschwege Pausen in Himmelpforten einräumen. Die Einschiebung eines Reserveschlittens in den laufenden Betrieb erfordert exakte Koordination. Ein einziger verpatzter Wechsel wird den gesamten Plan zum Platzen bringen."

Michael beauftragte den blonden Engel den Flugplan exakt zu kopieren.

„Danke, Ruprecht, ich hoffe, es reicht um die richtige Entscheidung herbei zu führen", sagte er.

„Das hoffe ich auch, Euer Gnaden. Und noch etwas: Der Kardinal könnte einen Versuch starten Bernie und mich anzuschwärzen."

„Das, Ruprecht Semmelburger, würde sein letzter Fehler auf Erden sein!", versprach der Erzengel lautstark. „Darauf gebe ich dir mein Wort."

KAPITEL 6

Vom Plan zur Tat

Der heilige Abend 2002 begann mit einem kräftigen Schneesturm über Himmelpforten. Die Schneeflocken wurden waagerecht über das Flugfeld getrieben. Blieben sie an Hindernissen hängen, bildeten sich umgehend Schneewehen.

„Als wenn ich die Sauerei nicht geahnt habe", schimpfte Ruprecht, der vor den Besatzungen im Briefing-Room stand. „Aber das hilft uns nun auch nicht weiter, Leute. Wir müssen raus. Es ist Weihnachten."

„Wie wahr", bemerkte Bernie, der in seiner menschlichen Gestalt neben ihm stand. „Petrus arbeitet mit Hochdruck daran die Lage zu verbessern."

„Schon klar", brummte Holger *das Mammut*, „am Schluss wird es aber nix damit werden und wir dürfen es auskosten."

„Halt die Luft an, Holger", schnaufte Nikolaus, „Petrus hat diesmal bessere Chancen als sonst."

100

„Myrna?", fragte Ruprecht hoffnungsvoll.

„Genau."

„Dann haben wir Chancen, das die Witterung sich bessert." Erleichtert gönnte sich Ruprecht einen tiefen Atemzug. „Mir macht allerdings mehr Sorgen, dass wir keine Freigabe des Plans haben. Seine Gnaden ist noch nicht zurück. Das verzögert die Abflüge für Europa eventuell." Ruprecht schaute auf seinen Plan. Er würde erst in einer Stunde starten. Unvermittelt stand er auf. Er spürte eine ungewöhnliche innere Sicherheit und entschied: „Wir führen den Plan mit oder ohne Zustimmung Seiner Gnaden aus, sonst geht alles den Bach herunter. Die Versorger für Osteuropa starten zuerst. Ihr nehmt die Route über das Weiße Meer und fliegt von da aus die ersten Versorgungspunkte an. Macht euch schon mal startklar. Draußen gibt´s von Franziska Verpflegung. Nikolaus hat sie mit Glühwein ergänzt."

Die Mienen der Crews hellten sich merklich auf,

als sie hörten, dass Nikolaus an sie gedacht hatte.

Sie nahmen ihre Unterlagen und verließen den Raum.

„Dann übergebe ich dir das Zepter der Einsatzleitung, Bernie." Ruprecht ließ sich auf seinem Stuhl nieder.

Bernie wies die restlichen Besatzungen in ihre Missionsflüge ein. Er wusste, dass die Besatzungen auf den heutigen Einsatz extrem gut vorbereitet waren. Im Vorfeld hatte er viele Fragen beantworten müssen. Auch der Flugplan selbst hatte auf Anregung der Crews kleine Änderungen erhalten. Das bewies Ruprecht und Bernie, dass die Männer und Frauen sich mit ihren Aufgaben intensiv beschäftigt hatten.

„Fragt sich bloß, wo seine Gnaden bleibt", knurrte *das Mammut* mürrisch, als Bernie geendet hatte. „Ohne ihn kann ich nicht starten. Ich hab doch keine Erlaubnis zur Verteilung von Geschenken."

„Weiß ich", meinte Ruprecht und griff zum

Telefon.

Er wählte die Nummer Seiner Gnaden. Der bezaubernde, blonde Engel mit der entzückenden Lispelstimme meldete sich.

„Es tut mir nun unendlich leid, Ruprecht, aber Seine Gnaden sind noch nicht von der Reise zurück. Er hat sich nicht einmal gemeldet. Ich verstehe das gar nicht."

„Solange Bernie als Bernie neben mir steht, ist mir das fast egal. Leider brauche ich Seine Gnaden dringend."

„Das hab ich jetzt nicht verstanden."

„Macht nix, Mädel, wie sieht es denn mit Gabriel aus? Kannst du mal gucken, ob der erreichbar ist."

„Klar, mach ich doch gern für dich. Warte mal bitte kurz." Es knackte in der Leitung, dann erklang die Musik der Warteschleife.

„Ruprecht, ich habe Gabriel nicht erreichen können", meldete sich der Engel nach kurzer Zeit wieder. „Sein persönlicher Haushaltsengel sagte, er ist auch noch nicht wieder zurück. Die im Süden haben etwas mehr Zeit als wir. Sie kommen langsam unter Druck. Enrico Paradiso ist anscheinend völlig aufgelöst."

„Ach was, der hat nur die Hosen voll, seine Schlitten ohne Gabriels Unterschrift starten zu lassen. Sach dat man ruhig dem Engel bei Gabriel."

„Mach ich, sie wird sich sicher beruhigen, wenn ich ihr sage, dass du es ausrichten lässt."

„Und sag Seiner Gnaden, er soll sich sputen. Er ist für Europa eingeteilt."

„Mach ich. Hoffentlich schimpft er nicht."

„Glaub ich nicht. Leg ihm seine dicke Pelzjacke und die gefütterte Hose raus. Es ist verflixt kalt über Europa."

Ruprecht legte auf und schlüpfte in seine eigene Felljacke. Anika Söderström, die mittelgroße, schlanke Schwedin, hing förmlich mit den Augen am Wetterbericht auf dem Monitor. Ab und zu schob sie ihre schulterlangen, blonden Haare

104

zurück.

„Das sieht nicht gut aus, Ruprecht", ließ sie vernehmen. „Sturm, Schneefall und bis zu -30°. Das ist extrem."

„Stimmt schon, aber wir müssen es schaffen. Hast du die Navigationsdaten von Bernie geholt und mit Torben eingespielt?"

„Habe ich."

„Okay. Wir machen es also wie folgt: Ich mache die Hin- und Rückflüge zu den Treffpunkten. Dein Job ist, mich in den Zielgebieten - so gau datt geiht - zu den Zielen zu bringen. Den Rest muss ich dann machen. Torben macht die Navigation. Ich muss mich auf dich verlassen, Anika."

„Kannst du, Ruprecht."

„Es darf einfach nichts schief gehen. Denk an die Kinder, vor allem die armen, die nix haben. Ohne uns ist Wiehnachten für die vorbie, ehe dat angefangen hat."

Anika schluckte auf einmal schwer. „So habe ich

das noch nie gesehen."

„Dacht ich mir." Ruprecht holte sich nach einem Blick auf die Uhr einen weiteren Kaffee. „Wenn ich etwas hasse, dann sind es weinende Kinder, besonners an Wiehnachten. Dat kann ich nich ab, kann ich dat nich. Dann werd ich zum Tier, werd ich dann."

Anika schaute Ruprecht entschlossen an. „Wir schaffen das, Ruprecht. Ich gebe alles."

„Gut so."

„Verrate mir aber bitte eines. Warum erzählen die Erwachsenen, du bist derjenige, der die Kinder bestraft, wenn sie nicht artig waren? So bist du doch gar nicht."

„Sie brauchten einen Sündenbock, Mädchen. Da sie sich an Nikolaus nich ran getraut haben, wurde ich auserkoren. Irgendwer musste den Kindern ja Angst machen, wenn sie nicht gehorcht haben. Inzwischen ist das nicht mehr so verbreitet. Deren Glück, denn dem einen und anderen Erwachsenen hab ich schon Kohle in die

106

Schuhe gesteckt. Fanden sie nicht witzig, war aber notwendig." Ruprecht schaute auf die Uhr. „Mach dich fertig. Wir müssen los."

Bernie Nickeldorn kam in diesem Moment mit Stephanie von Clausenthal in den Tower. Im Schlepptau brachten sie Claus von Clausenthal mit. Besonders gut sah Claus nicht aus, aber er trug schon seine Dienstkleidung. Sein Blick zeigte wilde Entschlossenheit.

„Na, Claus", grüßte ihn Ruprecht, „du siehst einsatzbereit aus."

„Kann ich helfen, Ruprecht?", fragte Claus nach der Umarmung von Ruprecht, „Bernie sagt, Michael ist noch nicht zurück und Holger braucht ihn."

„Richtig, Holger hat keine Verteilererlaubnis."

„Dann gehe ich mit ihm raus. Ich lasse die Kinder nicht im Stich, nicht an Weihnachten!"

„Stephanie?", wandte sich Ruprecht gerührt an die Ärztin. „Gehst du eventuell mit oder hast du Dienst?"

„Ich geh mit!"

„Okay, dann bin ich einverstanden." Ruprecht wandte sich an Bernie. „Ruf das *Mammut* und seine Leute. Sie sollen sofort den Schlitten klar machen. Holger geht pünktlich raus. Keine Verzögerungen mehr!"

Das Grinsen auf Bernhard Nickeldorns Gesicht war an Breite kaum zu überbieten.

„Abba sischer doch!"

*

Bernhard Nickeldorn machte es sich im Tower des Flugfeldes von Himmelpforten gemütlich. Alle Schlitten waren pünktlich gestartet. Die Logistikspezialisten hatten wahre Wunder beim Verladen der Geschenkpäckchen vollbracht. Bis an die Gewichtsgrenzen hatten sie die Versorgungsschlitten beladen. Trotzdem war alles nach den speziellen Ladeplänen verlaufen, sodass keine Zeit beim Umladen verloren gehen würde. Die Techniker hatten anschließend die Schlitten auf die Minute genau an den Start gebracht.

Stiefelschritte auf der Treppe rissen Bernie aus seinen Gedanken. Er warf noch einen Blick auf den Wetterbericht, dann flog die Treppenhaustür auch schon auf. Erzengel Michael betrat den Kontrollraum. Seine Fliegerjacke war mit Schnee bestäubt, als käme er aus einer Backstube.

„Ah, Bernhard, alle Schlitten draußen?", fragte er ohne Umschweife.

„Ja, Euer Gnaden, alle sind heil raus gekommen." Bernie erhob sich und füllte zwei Kaffeebecher aus der Maschine. „Ihnen ein Frohes Weihnachtsfest."

„Ihr habt nicht auf mich gewartet? Wer ist mit dem *Mammut* unterwegs?" Michael setzte eine finstere Miene bei der Frage auf.

„Claus von Clausenthal ist für Sie eingesprungen, Euer Gnaden."

„Claus darf fliegen?"

„Das hab ich nicht gesagt. Er ist eingesprungen." Bernie holte einen Stuhl für Michael heran.

„Stephanie, seine Urenkelin und Ärztin, ist mit

109

geflogen. Ruprecht hat nur unter dieser Bedingung zugestimmt. Jeder Verteilerschlitten hat einen zertifizierten Geschenkezusteller an Bord."

Sofort hellte sich die Miene des Erzengels auf. Nachdem er sich seiner Jacke entledigt hatte, nahm er Platz. Er erleichtert nahm einen Schluck Kaffee und bediente sich aus der Keksdose, die Bernie ihm hinhielt.

„Da bin ich aber froh. Wir müssen einen Bericht über die gesamte Aktion abgeben. Ich befürchtete schon, wir hätten einen Punkt zur Kritik geliefert."

„So schnell kriegt uns der Kardinal nicht, Euer Gnaden", grinste Bernie und legte dem Erzengel den inzwischen vielfach berichtigten Flugplan vor. „Sie müssen den Plan nur noch genehmigen. Ruprecht meinte, er setze den Plan lieber frühzeitig in Kraft, bevor es zum totalen Chaos kommt."

„Ruprecht ist eben ein guter Mann." Michael

setzte seinen Namen unter den Plan. „Ich hoffe, wir kriegen dieses Weihnachtsfest gut über die Bühne, Bernhard. Dafür bist dann auch du mit verantwortlich."

„Ich tue das für Ruprecht, die FB Nord und die Kinder, Euer Gnaden, auch wenn es mir nicht helfen wird. Ich werde wieder zum Hund." Bernie seufzte tief und schüttelte den Kopf. „Wenn selbst Sie nichts machen können, dann hab ich mit der Wahrheit mehr angerichtet, als ich mir vorstellen konnte."

„Wer sagt denn, ich konnte nichts machen? Es wird nicht gleich etwas passieren, das ist richtig. Ich habe allerdings bis Ostern einen detaillierten Bericht über dich OBEN abzugeben. Man prüft den Vorgang nochmals. Das passt zwar gewissen Herrschaften nicht, mir schon. Und noch etwas, Bernhard Nickeldorn, dein Einsatz an diesem Weihnachtsfest wird darin gebührend gewürdigt werden. Das habe ich Ruprecht übrigens nicht gesagt."

„Danke, Euer Gnaden."

„Du hast es dir verdient." Michael schaute in die Keksdose, aus der er sich bedient hatte. Sie war leer. „Oh, tut mir leid."

„Macht nichts", winkte Bernie ab und griff zum Telefon, „Franziska bringt Nachschub."

KAPITEL 7

Über der Bretagne

Holger das *Mammut* Holgerson lenkte seinen Schlitten in weitem Bogen um die kleine Hafenstadt in der Bretagne herum. Die Kurve führte sie bis aufs Meer hinaus. Dicke graue Winterwolken hingen tief herunter. Zwischen ihrer Unterseite und der Wasseroberfläche blieb nur ein Korridor von etwa 400 Meter. Das vom Sturm aufgewühlte Meer hatte sich die Modefarbe Grau zugelegt. Die Kronen der hohen Wellenberge hoben sich durch mattes Weiß von der Eintönigkeit ab. Die Küstenlandschaft hatte ihr sonst so farbenfrohes Outfit gegen die Eleganz des Winters eingetauscht. Sie trug ebenfalls Grau. Die saftigen Wiesen und Weiden, die dunkelgrünen Tannenwälder, die Sandstrände und die malerischen Küstenorte waren von einer schmutzigen Schneeschicht überzogen. Es war, als wäre die Farbe aus der Bretagne verbannt worden. Grau, wohin man sah!

Seit dem letzten Treffen mit einem Versorgungsschlitten war einige Zeit vergangen. Nur noch wenige Geschenkpäckchen befanden sich im Frachtabteil.

„Wie geht es dir, Claus?", fragte Holger, nachdem sich wieder Land unter den Kufen befand.

„Danke, Holger, ich bin ziemlich müde", antwortete Claus von Clausenthal, der es sich mit seiner Urenkelin auf der gepolsterten Bank des Schlittens bequem gemacht hatte. „Wir haben nur noch 10 Päckchen übrig. Das krieg ich hin."

„Wie viele Adressen?", hakte Holger nach.

„Die gehen ins Waisenhaus. Warum fragst du?"

„Warte mal." Holger ließ seine Rentiere Rosemarie und Eberhard das Tempo zurücknehmen. Er suchte sich eine große Wiese aus. „Wir landen auf der Wiese."

Die Rentiere brachten den Schlitten sanft runter. Holger lenkte sie zum Rand der Wiese und wandte sich an, seine dänische Navigatorin: „Pia, guck mal nach, ob der tragbare Generator wieder

114

voll ist."

„Was hast du vor, Holger?", fragte Stephanie von Clausenthal erstaunt, die ihren Urgroßvater in eine Decke gehüllt hatte.

„ICH bring die Päckchen zu den Kindern." Holger sprang vom Bock. „Hans Heinrich übernimmt den Schlitten und Claus sagt mir, wo ich die Päckchen deponieren soll."

„Du hast doch keine Lizenz", wandte Claus ein.

„Merkt das einer? Nein. Und der Chef wird in diesem Fall mal ein Auge zudrücken."

„Holger, ich bin mit deinem Vorschlag einverstanden", meldete sich die tiefe Stimme aus dem Nichts.

„Danke, Chef."

Claus richtete sich auf und schob die Päckchen in einen Jutesack. Nebenbei erklärte er Holger, wie er im Waisenhaus vorgehen muss. „Achte nur darauf, dass keines der Kinder dich sieht." Claus schaute den bärtigen Piloten dankbar an. „Du bist durch den Generator nicht vor ihren Augen geschützt. Wenn sie mich sehen, ist das nicht schlimm, aber bei dir könnten sie erschrecken. Sie kennen dich nicht."

„Glaubst du nicht, dass ich als Knecht Ruprecht durchgehe?" Holger lachte dröhnend auf. „Keine Angst, ich pass schon auf."

Er kletterte zu Claus und Stephanie, während sein Co-Pilot Hans Heinrich den Pilotenplatz einnahm. Der kurze Flug zum Nordrand der Hafenstadt verlief problemlos. In der Nähe des Waisenhauses landeten sie am Waldrand. Die hohen Pappeln spendeten willkommenen Windschatten. Der Sturm aus Südwesten war stärker geworden. Aus den tiefhängenden Wolken fiel Schneeregen, der die Kleidung schnell durchdrang.

Holger nahm den geladenen Generator von Pia entgegen und machte sich mit dem Gabensack auf den Weg.

Das Waisenhaus befand sich in einem aus grauen Natursteinen erbauten mehrstöckigen Haus. Es war von großen Rasenflächen umgeben. Holger schnaufte und blickte zum Dach. Aus dem gemauerten Kamin mit dem Aufsatz aus Metall quoll dichter Rauch. Prüfend hob Holger seine Nase. Der Geruch war beißend. Nasses Holz wurde verbrannt. Das mit dem Schornsteinaufsatz hätte er noch hingekriegt, aber diesem Rauch wollte er sich nicht aussetzen. Er brauchte einen anderen Weg ins Haus. Da die Fenster fest verschlossen waren, blieb nur die Haustür.

Holger umrundete das Haus. Seine Stiefel erzeugten bei jedem Schritt ein schmatzendes Geräusch. Sie hinterließen tiefe Eindrücke im aufgeweichten Rasen. Endlich erreichte er eine kleine, überdachte Freitreppe. Wie es ihm seine Frau Christine beigebracht hatte, klopfte Holger seine mit Schneematsch bedeckten Stiefel an der untersten Stufe ab. Das hätte er lieber lassen sollten. Das Trampeln der Stiefel auf die Steine war meilenweit zu hören. Ein Fenster im Erdgeschoss wurde aufgerissen und der Kopf einer älteren Nonne erschien. Sie hielt einen Kerze in der Hand, die sie gegen Wind und Schneeregen vergeblich abzuschirmen versuchte. Die Flamme erlosch zischend.

„Wer ist da?", ertönte ihre kreischende Stimme auf Französisch.

„Ook dat noch", murmelte Holger, der sich mit dieser Sprache nicht einmal mehr auf dem Kriegspfad befand. Er verstand nur wenige Worte. Merci und Adieu kriegte er gerade noch hin, aber damit hatte es sich mit seinem Französisch.

Dafür legte die Nonne nun erst richtig los. Ihr Kreischen hätte Tote aufwecken können, wenn es in der Nähe welche gegeben hätte. Holger zählte nicht, denn der war wach.

Holger fluchte ganz leise und verharrte, bis das Fenster knallend geschlossen wurde. Vorsichtig setzte er einen Fuß vor den anderen. Zwar knirschte es verdächtig unter den Sohlen seiner schweren Stiefel, aber die Fenster blieben zu.

„Die Nonne hat dich so einiges genannt", ertönte Stephanies Stimme hinter ihm, „und es war nichts nettes dabei."

Holger zuckte erschrocken zusammen. „Stephi, mach das nich nochmal. Ich krich hier gleich ´nen Herzkasper, krieg ich", knurrte er.

„Ja und?", gab sie ungerührt zurück, „ich bin Ärztin und gestorben bist du schon. Was soll passieren?"

„Hmpf", drang es aus Holgers dunklen Vollbart.

„Willst du hier Wurzeln schlagen, oder können wir endlich reingehen? Warum hast du nicht den Schornstein benutzt?"

„Baufällig und die verbrennen nasses Holz, meine liebe Frau Doktor." Holger deutete zum Dach hinauf. „Wir gehen durch die Tür."

Holger blieb neben der hölzernen Doppeltür stehen, die nicht nur bessere Tage gesehen hatte, sondern dringend einen Anstrich benötigte. Farbe war nur ansatzweise vorhanden. Er tastete den Spalt zwischen den Flügen ab. Ein leises Klacken verriet, dass ein Riegel und ein altmodisches Schloss geöffnet wurden. Bevor Holger die Tür öffnete, fuhr er mit der Hand über die Scharniere.

„Machen sonst einen erbärmlichen Krach", kommentierte er seine Bewegung und schob den Türflügel auf. Hinter der Tür ertönte ein metallisches Scharren auf Steinboden.

„Stimmt genau", kommentierte Stephanie die Tonfolge, „ich tippe auf einen Badezuber aus Blech."

„Zinkblech", korrigierte Holger grinsend und schob sich durch den Spalt.

Stephanie folgte ihm. Keinen Moment zu spät, denn die Nonne kam aus einem der Zimmer gerannt. In der einen Hand hielt sie einen Leuchter, in der anderen schwang sie ein Nudelholz von erheblichem Ausmaß. Als sie niemanden erblicken konnte, ließ sie das Holz sinken. Ihr Gesichtsausdruck zeigte eine gewisse Enttäuschung.

„Was hat die denn nu schon wieder?", fragte

Holger, als das Kreischen erneut erscholl.

„Nichts, sie ruft nur alle Heiligen an und fragt, wer vergessen hat abzusperren."

„Soll ich ihr antworten?"

„Lass es bleiben oder willst du Erste Hilfe leisten?" Stephanie zog ihn hinter eine der Säulen, die in der Halle waren. „Die Kinder!"

Aus einem anderen Zimmer kam eine jüngere Nonne, der mehrere Kinder folgten. Sie musste einen höheren Rang bekleiden, denn die Ältere verstummte nach ihren ersten Worten.

„Sie ist die Chefin des Waisenhauses", flüsterte Stephanie, „sie hat angeblich abgesperrt."

Krachend wurde die Eingangstür geschlossen und der Schlüssel drehte sich quietschend im Schloss. Der Zuber wurde vor die Flügel geschoben. Wasser tropfte von der Decke hinein. Die Halle leerte sich wieder. Holger und Stephanie durchquerten sie leise. Im großem Speisesaal fanden sie den geschmückten Weihnachtsbaum, der ziemlich trocken aussah. An seinen grauen

Ästen hingen wenige Kugeln und ein paar Wachskerzen standen windschief in altertümlichen Haltern.

„Das Ding geht noch heute Nacht in Flammen auf. Der Baum ist trockener als das Holz neben dem Kamin. Warte mal eben."

Er hob die Hand und fuhr die Konturen des Baumes mit den Händen ab. Sofort verwandelte sich der Baum in eine frische Tanne mit dicken, saftig grünen Nadeln. Der Baumschmuck erfuhr ebenfalls eine entsprechende Aufwertung.

„So, nun haben die Kinder einen schönen Weihnachtsbaum." Holger lächelte zufrieden, als er sein Werk betrachtete. „So etwas kann ich nicht mit ansehen."

„Stimmt, und ich geh mal in die Küche. Das riecht nicht gerade lecker. Haferschleim, vermute ich", sagte Stephanie und verschwand durch eine Tür.

Schnell versteckte Holger die mit Namen versehenen Geschenke und folgte ihr. Er kam rechtzeitig. Die ältere Nonne stand hämisch grinsend mit erhobenem Nudelholz hinter Stephanie. Holger riss die Hand hoch und ließ die Nonne erstarren. Das Drama war abgewendet.

„Du solltest etwas mehr aufpassen, Stephi", sagte er gelassen. „Der Generator reicht nur wenige Meter weit. Du warst zu sehen und zu hören, Deern. Wat machst du denn da bloß?"

„Vernünftiges Essen." Sie deutete auf einen zerbeulten Topf in der Spüle. Darin erkannte er Reste einer grauen Masse. „Haferschleim an Heilig Abend! Das gibt es nicht."

„Was gibt es dann?", fragte Holger grinsend.

„Frischen Fisch mit Kartoffeln und zerlassener Petersilienbutter. Als Dessert gibt es Mousse au Chocolat. Und ich decke den Tisch, damit sie es auch kriegen. Kannst du mal für eine Ablenkung sorgen?"

„Jo, mach ich."

Holger begab sich in die Halle. Er ging über die breite Treppe nach oben. Eine Bewegung seiner

Hand ließ den matten Kronleuchter in frischem Glanz erstrahlen. Kerzen brannten in den Haltern und ohne Vorwarnung erklang ein Weihnachtslied. Holger hatte sich *Stille Nacht* ausgesucht. Sein wohlklingender Bass erfüllte die Halle. Eine Tür wurde aufgerissen. Drei Nonnen und zehn Kinder kamen in die Halle und sahen sich verblüfft um. Sie sahen niemanden, denn Holger, der den Generator abgeschaltet hatte, versteckte sich hinter einer Säule. Andächtig lauschend blieben sie stehen, bis der letzte Ton verklungen war. Holger wünschte ihnen zum Abschluss Frohe Weihnachten, dann schaltete er den Generator wieder ein. Er blieb allerdings hinter der Säule stehen, auch wenn er gerne die Gesichter der Kinder gesehen hätte. Erst als wieder Stille in der Halle herrschte, wagte er einen Blick nach unten. An einer Tür stand Stephanie und winkte ihn herunter.

„Schnell weg hier." Sie deutete auf die Tür hinter sich. „Keine Ahnung, wie lange die Köchin noch

124

erstarrt bleibt. Du hast sie bestimmt verdunkelt oder?"

„Klar doch", brummte Holger, „die hat sogar eine Extraportion Dunkelheit gekriegt. Wollt die dir doch mit ihrem Nudelholz einen Scheitel ziehen! Und dat an Wiehnachten."

Diesmal verzichtete Holger auf Geräuschlosigkeit beim Öffnen der Tür. Er schob den Badezuber mit dem Stiefel beiseite und öffnete die Verriegelungen. Dann stürmte er laut lachend mit Stephanie an der Hand in die Nacht hinaus. Drinnen erschollen Freudenschreie. Die Kinder hatten das Essen und die Geschenke entdeckt.

Kapitel 8

Nikolaus über Amerika

Jean-Claude Marode, der bretonische Schlittenpilot, verspürte seit geraumer Zeit Druck auf der Blase. Unruhig rutschte er auf seinem Pilotensitz hin und her. Lange würde er das nicht mehr aushalten. Ein Blick zeigte ihm, dass sein Co-Pilot und Navigator Andre Cargo (Betonung auf der zweiten Silbe) sich ebenso in Morpheus Arme begeben hatte, wie Seine Heiligkeit, Nikolaus von Myra, im hinteren Teil des Schlittens.

„Hübertüs", rief Jean-Claude das Leittier im Gespann, „isch brauche schnell ein abgelegenes Örtschen."

Hubertus drehte den Kopf herum und verstand sofort. Hier war Not am Mann. Nach einem Rundblick legte er den Schlitten in eine weite Abwärtskurve. Unter ihnen befand sich die schneebedeckte Landschaft der Atlantikküste. Die

126

Ortschaften lagen meilenweit voneinander entfernt. Eine schnurgerade Straße führte durch ein ausgedehntes Waldgebiet, das sich für die Zwecke besonders gut eignete. Hubertus erkannte im leichten Schneetreiben einen verlassenen Parkplatz. Er setzte den Schlitten besonders weich auf die verschneite Fahrbahn und brachte den Schlitten auf dem Parkplatz zum Stehen.

„Ist es hier in Ordnung?", fragte Hubertus. Er musste jedoch feststellen, dass Jean-Claude bereits aus dem Schlitten gesprungen war. Dieser eilte auf die Baumreihe zu und verschwand hinter einer dicken Eiche.

„Was ist denn jetzt los?", ertönte die verschlafene Stimme von Nikolaus. „Hier wohnt doch niemand! Was soll das, Hubertus, und wo ist Jean-Claude?"

„Er ist gerade indisponiert", antwortete Hubertus. Seine Stimme klang, wie immer, sehr distinguiert.

„Er ist was?", fragte Nikolaus irritiert. „Drücke dich bitte deutlicher aus."

„Monsieur Marode ist soeben hinter einer Eiche verschwunden, um für Druckausgleich zu sorgen, Euer Heiligkeit. Es ist mir nicht möglich, mich noch detaillierter auszudrücken." Hubertus wandte das hoch erhobene Haupt seinem Freund Eberhard, dem zweiten Gespanntier, zu und flüsterte etwas.

Nikolaus kannte seine beiden Rentiere seit Jahren und verzichtete auf weitere Nachfragen. Stattdessen holte er tief Luft und rief: „Jean-Claude, wo steckst du?"

„Merde", ertönte die Stimme des Bretonen aus dem Wald, „Nicki, erschrick misch nischt noch einmal in so eine Sitüassion! Das hätte gehen gönnen auf die Hose! Mon dieu, nischt einmal in Ruhe erleischtern gann man sisch. So eine Stress!"

Nikolaus starrte seine beiden Zugtiere verständnislos an. Anstatt etwas zu sagen, schüttelte er nur den Kopf und schwieg, bis Jean-Claude hinter der dicksten Eiche am Waldrand

128

hervortrat. Der Bretone ordnete nochmals seine Kleider und rieb sich die Hände im frisch gefallenen Schnee ab. Mangels eines Handtuches musste seine Hose dessen Job übernehmen.

„Entschuldige bitte, Jean-Claude, aber ich war doch etwas in Sorge." Nikolaus zog unter der Decke eine Thermosflasche hervor. „Möchtest du einen Kaffee gegen die Kälte?"

„Non, Nicki, hast du keinen Glühwein gegen die Kälte?", sagte Jean-Claude und kletterte auf den Pilotensitz. „Dagegen hätte isch nischts einssuwenden."

Nikolaus öffnete die Thermoskanne und füllte einen Becher. „Ich muss mich beim Befüllen glatt vertan haben, alter Freund. Ich war der festen Überzeugung, die Kanne enthält Kaffee."

Jean-Claude nahm den Becher dankbar entgegen. Genießerisch schnupperte er am Becher und atmete das Aroma tief ein. Nach einem großen Schluck fuhr er fort: „Von mir aus, kann es weitergehen, euer Heilischkeit."

„Dann lass uns die letzten Geschenke verteilen und dann geht es zurück nach Himmelpforten."

„Ja, es wird Zeit. Den Zeitplan gönnen wir gerade noch einhalten. Wehe das Wetter stimmt nicht auf die Rückflug!"

Hubertus und Engelbert brachten den Schlitten auf die Straße zurück. Nach einem letzten Rundblick liefen sie los. Allerdings hatte Hubertus den Streifenwagen übersehen, der in diesem Moment aus einem Waldweg auf die Fahrbahn rollte. Hubertus und Engelbert rissen den Schlitten hoch, um eine Kollision zu vermeiden. Es klappte leider nicht ganz. Eine Kufe des Schlittens nahm intensiven Kontakt zur Einsatzbeleuchtung auf dem Dach des Wagens auf. Ein hässliches Knirschen, gefolgt von einem dumpfen Schlag, dann war das Schicksal des Lichterbalkens besiegelt. Aus dem Streifenwagen schauten zwei verdutzte Polizisten heraus, die verzweifelt nach demjenigen suchten, der ihren Streifenwagen am Heiligen Abend beschädigt hatte.

„Ein Fall für *Angels Alliance Insurance*", murmelte Nikolaus, der bequem im Polster saß.

*

Als der Schlitten aus der grauen Wolkenwand stieß, bot sich ein atemberaubendes Bild. Die Landschaft lag unter einer dicken Schneedecke, die im Mondlicht bläulich schimmerte. Sie glich einem glitzernden Meer mit sehr langer Dünung. Aus der erstarrten, weißen Ebene ragten nur tief verschneite Bäume und Felsen heraus. Die Büsche dazwischen trugen kugelförmige Hauben, die ihnen die Silhouetten schlafender Gestalten gaben. Über dem Land lag eine vollkommene Stille, wie es sie nur im Winter gibt.

Die Ebene wurde von dem dunklen, gewundenen Band einer Straße unregelmäßig geteilt. Sie führte zu einem einzelnen Gehöft auf einer Anhöhe. Meterhoch türmten sich die Schneemassen rechts und links der Zufahrt. Im festgefahrenen Schnee auf der Fahrbahn waren die Spuren eines schweren Fahrzeugs zu erkennen. Der geräumte Platz vor dem Haus zeigte ebenfalls das Muster der Fahrzeugreifen.

Die Fenster des Hauses, dessen Dach eine dicke Schneedecke trug, waren dunkel. Aus dem Schornstein an der Giebelseite quoll grauer Rauch.

Jean-Claude Marode brachte den Schlitten auf der geräumten Fläche herunter. Er stellte das himmlische Fluggerät für einen schnellen Start vor einer Scheune auf.

„Scheint niemand da ssu sein", sagte er zu Nikolaus von Myra, der sich aus der dicken Decke schälte. „Nur aus die Schornstein raucht es."

„Die Familie wird in der Kirche sein." Nikolaus nahm die letzten Päckchen aus dem Jutesack zu seinen Füßen. Schnaufend richtete er sich auf. „Ich bin gleich wieder da."

Er schaltete den tragbaren Generator ein und kletterte aus dem Schlitten. Mit vorsichtigen

132

Schritten überquerte er die geräumte Fläche. An der Tür horchte er kurz, dann öffnete er sie und trat ein.

Sofort nahm er einen beißenden Geruch wahr, der sich mit dem Duft eines bratenden Truthahns mischte. Nikolaus versteckte die Päckchen und suchte die Küche auf. Ein Blick in den eingeschalteten Backofen verriet es ihm. Hinter der Rückwand des Backofens glühte es und knisternde Funken flogen durch die Schlitze in der Blechwand in den Garraum hinein. Der typische Geruch schmorender Elektrokabel trieb Nikolaus Tränen in die Augen.

„Verflixt", rief er und schaltete den auf Automatikbetrieb geschalteten Ofen ab. Das Knistern hörte auf und das Glühen erlosch. Nur der Gestank hielt sich hartnäckig. „Der Ofen ist hin. Dafür ist der Truthahn eindeutig noch nicht fertig."

Nikolaus riss das Küchenfenster auf und ließ die kalte Nachtluft einströmen. Er öffnete den

Backofen, damit das Aroma schmorender Kabel aus dem Garraum verschwand. Da ihm vor einigen Wochen ein ähnliches Missgeschick passiert war, kannte Nikolaus die Ursache der knisternden Lightshow im Backofen.

Er sah zur Decke und sagte laut: „Wir müssen hier sofort etwas tun, Chef. Die Frau hat gerade erst ihren Mann verloren. Wir können sie doch nicht an Weihnachten mit einem kaputten Ofen allein lassen!"

„Du hast ein gutes Herz, Nikolaus von Myra", antwortete die Stimme aus dem Nichts prompt, „was schlägst du vor?"

„Angesichts der Lage der Familie schlage ich die Maximallösung vor. Ein neuer Backofen, den ANGELS HOME and KITCHEN SERVICE morgen Vormittag einbaut." Nikolaus holte tief Luft. „Den Truthahn krieg ich schon hin."

„Eine gute Idee, mein Freund, der ich gerne zustimme", sagte die Stimme. „Ich werde Michael sofort verständigen. Wer fliegt die

134

Techniker?"

„Das mach ich schon mit Jean-Claude und Andre."

„Dann ist alles geklärt. Schreibe einen Gutschein und kündige die morgige Lieferung an. Unterschreibe mit deinem Namen."

„Danke, Chef."

Nikolaus brauchte nicht lange, um den Truthahn von störenden Gerüchen und Geschmack zu befreien. Mit einer Handbewegung setzte er den Ofen auf Ober- und Unterhitze wieder in Betrieb. Er stellte die Abschaltautomatik auf die richtige Restzeit. Froh; ein gutes Werk nebenbei getan zu haben, schrieb er den Gutschein und kündigte die Montage für den kommenden Tag an. Erst danach verließ er das Haus. Draußen herrschte dichtes Schneetreiben, das bereits einiges der weißen Pracht abgeladen hatte.

„Was ist denn hier los?", fragte Nikolaus Jean-Claude, der auf dem Kutschbock ein kleines Nickerchen gemacht hatte.

„Das siehst du doch selbst", antwortete der Bretone missmutig. „Petrüss hat mal wieder Probleme. Aber wir sind fertisch und gönnen endlisch ssurück fliegen."

Nikolaus unterrichtete seinen Piloten von den Vorkommnissen im Haus und ihrem Sonderauftrag am kommenden Vormittag. Der Bretone stimmte sofort zu.

„Lass uns noch den Weg zum Haus freimachen", sagte Nikolaus, „wie sollen die Menschen sonst von der Kirche nach Hause kommen?"

„Natürlemont, mein Freund, das machen wir."

Nikolaus kletterte in den Schlitten und Jean-Claude gab Hubertus und Engelbert das Zeichen zum Start.

*

Der Schlitten jagte im Tiefstflug den schmalen Weg entlang. Dabei wurde der Neuschnee in hohem Bogen von der Fahrbahn geschleudert.

Auf dem Parkplatz der Kirche standen mehrere eingeschneite Autos. Jean Claude stellte den

Schlitten abseits unter einer alten Tanne ab.

Nikolaus vernahm Gesang aus der Kirche. Neugierig geworden stieg er aus und stapfte die Stufen zum Kirchenportal hinauf. Als er die Hand auf den Türgriff legte, bemerkte er Jean-Claude und Andre Cargo (Betonung auf der zweiten Silbe) hinter sich.

„Das hab isch schon ssehr lange nischt mehr gehört", murmelte Jean-Claude und deutete auf die Tür. „Lass uns reingehen, Nicki. Es klingt wunderbar."

Nikolaus, der den gleichen Gedanken hatte, nickte und öffnete die Tür. Sie gelangten in einen Vorraum, in dem sich niemand aufhielt. Dafür stand auf einem Tisch ein Glasbehälter mit einem wohlriechenden Getränk. Genießerisch schnüffelte Nikolaus daran.

„Echt lecker", sagte Nikolaus und wedelte sich mit der Hand weitere Aromawolken zu, „geradezu fantastisch."

Unvorsichtigerweise öffnete Jean-Claude die Tür

zum Kirchenschiff. Vor dem Altarraum stand ein großer, geschmückter Weihnachtsbaum, an dem Wachskerzen brannten. Momentan waren sie die einzige Lichtquelle im gut gefüllten Kirchenschiff. Ihr flackerndes Licht und das angestimmte, bekannte Weihnachtslied schufen eine feierliche Atmosphäre. Jean-Claude und Andre schluckten schwer. Auch Nikolaus spürte eine gewisse Enge in der Kehle.

„Der Weihnachtsmann ist gekommen!", rief ein kleines Mädchen, als der Gesang verebbt war. Es deutete auf Nikolaus, der vor Schreck erstarrte. „Juhu, der Weihnachtsmann!"

„Hast du den Generator abgeschaltet?", fragte Jean-Claude vorwurfsvoll.

„Der hilft bei Kindern doch nicht", knurrte Nikolaus. Vorsichtshalber kontrollierte er den tragbaren Generator. Er stellte betrübt fest, dass die Energie aufgebraucht war. Alle Anwesenden konnten die himmlischen Boten sehen.

„Jetzt heißt es improvisieren, Freunde", sagte

138

Nikolaus nach einem tiefen Seufzer, „bleibt mal hier."

Er richtete sich zur vollen Größe auf, klopfte den restlichen Schnee von Mantel und Mütze, dann betrat er würdevoll das große Kirchenschiff. Während er den schmalen Gang zwischen den Kirchenbänken zum Altar entlang schritt, sah er die leuchtenden Augen der Kinder. Sie himmelten ihn an, obwohl er keinen Gabensack trug. Die Jugendlichen und Erwachsenen hingegen beäugten ihn kritisch. Der vor dem Altar stehende Pfarrer, starrte ihn verärgert an.

„Wir haben keinen Santa Claus bestellt!", zischte der Pfarrer ihn an. „Wer sind Sie, zum Teufel?"

„Die Konkurrenz lassen wir mal aus dem Spiel", konterte Nikolaus, den der Fluch erbost hatte. „Gerade heute hat er auf der Erde nichts zu suchen!

Um Ihre Frage zu beantworten, ich bin nicht Santa Claus. Mein Name ist Nikolaus von Myra und bestellen kann man mich nicht."

„Ich bin Reverend Clark", sagte der dunkelhäutige Mann im Talar, „verlassen Sie sofort unsere Kirche. Sie stören unseren Weihnachtsgottesdienst."

„Ist es eine Störung, wenn Nikolaus von Myra Ihrer Gemeinde ein Frohes Weihnachtsfest wünschen möchte?" Nikolaus hob die Hand, drehte sich um und ließ seinen Blick über die Anwesenden schweifen. In der Kirche herrschte vollkommene Stille. Alle Augen waren auf ihn gerichtet. „Euer Gesang hat mich in diese Kirche geführt", sagte Nikolaus laut, „ich bin Nikolaus von Myra und ich danke euch, dass ich es hören durfte. Es war wunderschön. Woher ich komme, werdet ihr fragen wollen. Ich komme von draußen … von draußen aus einem furchtbaren Schneesturm." Vereinzeltes Gelächter ließ Nikolaus einen Moment innehalten. „In Europa gibt es ein Weihnachtsgedicht mit folgender Titelzeile *„Von drauß vom Walde komme ich her, ich muss euch sagen, es weihnachtet sehr"*. Als

140

ich euer Lied hörte, fielen mir die Zeilen wieder ein, denn ich fühle, Weihnachten ist da."

Ein kleines Mädchen im festlichen Kleidchen kam zu Nikolaus. Es blieb vor ihm stehen und schaute ihn erwartungsvoll an. Nikolaus beugte sich zu ihm herunter.

„Bist du nicht der Weihnachtsmann?", fragte es.

„Ganz ehrlich, der Weihnachtsmann ist gerade sehr krank. Ich bin für ihn eingesprungen."

„Hast du dann für uns etwas mitgebracht?"

„Wie heißt du denn?"

„Emma Pikes."

Nikolaus erinnerte sich daran, dass er ein Päckchen für sie unter den Baum im einsamen Gehöft gelegt hatte.

„Lass dich überraschen, Emma", antwortete er lächelnd.

Eine junge Frau kam nach vorne und ergriff Emmas Hand. Sie schaute Nikolaus mit Tränen in den Augen an. „Wir haben nichts, Herr Nikolaus. Machen Sie ihr keine falschen Hoffnungen."

Nikolaus hob leicht die Hand. Seine Worte konnte nur Emmas Mutter hören. „Das tue ich nicht, Patricia Pikes." Er senkte die Hand wieder und sah, dass sie seine Worte wahrgenommen hatte.

„Danke", murmelte sie und strich Emma über den Kopf.

Nikolaus beugte sich zu Emma hinunter. Sie ergriff die Gelegenheit und zog an seinem Bart. Sie drehte sich zu ihrer Mutter und sagte laut: „Mama, der ist echt!"

„Ich weiß", flüsterte ihre Mutter mit Tränen in den Augen, „er ist der heilige Nikolaus."

Die Tür zum Vorraum wurde aufgestoßen. Das einsetzende Gemurmel verstummte. Jean-Claude und Andre Cargo (Betonung auf der zweiten Silbe) kamen mit zwei Säcken in die Kirche. Sie gingen von einem zum anderen und gaben jedem eine Tüte mit Gebäck. Jean-Claude, der als erster bei Nikolaus ankam, zog die letzte Tüte aus seinem Jutesack und reichte sie dem Reverend.

„Du bischt nischt gerade ssehr nett ssu meine

Freund Nikolaus gewesen. Trotzdem, heute ischt Weihnachten, auch für disch." Jean-Claude drückte ihm die Tüte in die Hand. „Vielleischt vergisst du nischt so schnell meine Freund Nikolaus von Myra. Frohe Weihnachten."

Andre kam vom Organisten und vom Chor, an die er seine restlichen Tüten gegeben hatte. Zwei drückte er Nikolaus in die Hand, die er Emma und ihrer Mutter überreichte. „Frohe Weihnachten", murmelte er und zwinkerte ihnen zu.

„Bleiben Sie bitte noch ein wenig", sagte Reverend Clark mit brüchiger Stimme. „Wir wollen ein letztes Weihnachtslied singen und dann gibt es Eggnog. Singen Sie mit uns. Ich möchte sie dazu einladen."

Nachdem das Weihnachtslied verklungen war, wandte sich Nikolaus an Jean-Claude, der neben ihm stand. Er sah seinem Freund die Rührung an.

„Woher hast du die Tüten?", fragte Nikolaus, sodass nur Jean-Claude ihn hören konnte, „wir hatten doch nichts mehr im Schlitten!"

„Isch bin mit Andre einfach nachsehen gegangen. Da lagen die beiden Säcke mit die Tüten auf die Sitzbank", gestand Jean-Claude schulterzuckend.

Nikolaus hob den Blick nach oben und murmelte: „Danke, Chef."

„Gern geschehen", lautete die Antwort, die außer den himmlischen Geschöpfen niemand vernehmen konnte.

Zwei Stunden später verabschiedeten sich Jean-Claude, Andre und Nikolaus von der Gemeinde. Emma und ihre Mutter waren bereits eine Weile vorher gegangen. Beide hatten Nikolaus zum Abschied umarmt und ihm Frohe Weihnachten gewünscht. Nikolaus, der dem Eggnog gut zugesprochen hatte, spürte dessen Wirkung, als er die warme Kirche verließ. Der Sturm war merklich abgeflaut und der Himmel war sternenklar.

Unvermittelt stellten sich bei Nikolaus Gleichgewichtsstörungen ein. Betont vorsichtig überquerte er den Platz vor der Kirche. Jean-Claude musste ihm in den Schlitten helfen, dessen Generator Andre ausgeschaltet hatte. Wie es sich für einen Schlitten gehörte, verließen die himmlischen Boten langsam den Platz. Erst als sie außer Sicht waren, schaltete Jean-Claude den Generator wieder ein und gab Hubertus und Engelbert den Start für den Rückflug frei.

Kapitel 9

Eine Wetterkrise und andere Probleme

Professor Bernhard Nickeldorn saß gespannt vor dem Monitor des Wetter-PCs im Tower von Himmelpforten. Der wolkenfreie Himmel über dem Fluggelände war mit Sternen übersät. Keine Lichtverschmutzung trübte das Bild.

Ohne die Augen vom Bildschirm abzuwenden, griff Bernie zu seinem gefüllten Kaffeebecher. Wiedermal verfehlte er ihn zielsicher. Dafür schubste er gekonnt die inzwischen leere Keksdose über die Schreibtischkante. Das Scheppern ließ nicht nur Bernie aufblicken. Es veränderte jene *Begleitmusik*, die der übermüdete Erzengel Michael vom Stuhl am Fenster seit über einer Stunde beisteuerte. Das gleichmäßige *Langschnarchen* verwandelte sich in das gefürchtete, von Schmatzen begleitete *Stakkato-Schnarchen*.

„Selig sind die Friedfertigen", zitierte Bernie

einen bekannten Spruch. Sein Blick fiel auf das Monitorbild. In Windeseile breitete sich über dem Nordatlantik eine sehr große Sturmzone aus. Ein Blizzard ungeahnten Ausmaßes raste auf die Ostküste Nordamerikas zu. Der Südosten Kanadas versank bereits unter den Schneemassen der ersten Ausläufer. Doch noch saß die Hauptzelle des Sturms über dem Meer.

Bernie griff zum Mikrophon und rief den letzten Versorgungsschlitten über der Gefahrenzone, der sich bereits auf dem Rückweg befand. Die Verbindung war äußerst schlecht. Er konnte Simon Dancer kaum verstehen.

Bevor Bernie seine Warnung loswerden konnte, ging Simon auf Sendung.

„Wir müssen runtergehen", kam es knisternd aus dem Lautsprecher, „denn die Wetterblase ist überlastet. Außerdem sind drei Leinen gerissen. Schick uns Alfred mit Ersatzteilen."

„Mach ich, gib mir deine Position?" Bernie hatte ruhig und besonnen gesprochen, obwohl seine

Hände zitterten.

Statt einer Antwort blinkte ein Notsignal auf. Bernie wirbelte zum zweiten Monitor herum, auf dem eine Karte der nördlichen Hemisphäre geöffnet war. Auch hier blinkte ein roter Punkt. Daneben stand die Kennung des Schlittens.

Bernie schaltete seine Kommunikationsstation auf die Frequenz der Rettungsschlitten. Er rief Alfred Peacock.

„Alfred, Simon Dancer musste eine Notlandung hinlegen. Sein Peilsender funktioniert. Hast du ihn auf dem Bildschirm?", fragte Bernie.

„Hab ihn drauf, Bernie", sagte die tiefe Stimme des Amerikaners. „Sieht aus, als stecke er mitten im schlimmsten Blizzard der letzten Jahrzehnte."

„Passende Beschreibung, alter Freund. Kommst du zu ihm durch? Die Wetterblase ist ausgefallen und ein paar Leinen sind hin."

„Hast du Nikolaus auf dem Schirm?", fragte Alfred ängstlich. „Er müsste fertig und inzwischen auf dem Rückflug sein."

„Nein, nach seiner letzten Meldung ist er in Maryland und liefert die letzten Pakete aus." Bernie löste die Ortungsroutine des Systems aus. Doch vom Schlitten des heiligen Nikolaus war nichts zu sehen. „Er muss gelandet sein."

„Okay, ich flieg zu Simon", entschied Alfred, „sag Nikolaus, er soll den Blizzard lieber abwarten. Der Sturm ist besser über den Kontinent zu umfliegen. Das ist sicherer als der Weg übers Meer."

„Wir haben gerade keinen ...", Bernie unterbrach sich, als er am unteren Bildschirmrand zwei Meldungen bemerkte. „Alfred, ich sehe gerade, dass Nikolaus seinen Generator abgeschaltet hat. Er ist in Maryland."

„Was soll das denn?", fragte Alfred erschrocken.

„Was soll das denn?", ertönte die aufgeregte Stimme des Erzengels Michael, der erwacht war.

„Keine Ahnung", antwortete Bernie beiden. „Alfred, kümmere dich um Simon. Ich hab eine weitere Sturmmeldung gekriegt. Betrifft euch aber nicht. Ende."

Bernie drehte sich dem Erzengel zu, der neben ihn getreten war: „Zwischen Dänemark und Grönland liegt eine riesige Sturmzelle, Euer Gnaden. Sie versperrt den Schlitten über Europa den Rückflug."

„Und jetzt?"

„Sie müssen sich über Schweden und Norwegen durchmogeln. Nordrussland und das Nordmeer liegen unter einer weiteren Sturmzone. Das trifft Ruprecht. Sein Versorgungsschlitten ist schon weit genug im Norden. Der kommt noch durch."

„Was ist denn da los? Wieso diese katastrophale Wetterentwicklung?"

„Da müssen Sie Petrus fragen, Euer Gnaden", gab Bernie zurück.

„Das werde ich gleich persönlich machen." Erzengel Michael schlüpfte in seine Felljacke. „Petrus und Myrna Detroid werden mir einige Fragen zu beantworten haben."

*

150

Das Büro von Simon Petrus, der sich bekanntlich mit der Wetterlage auf Erden beschäftigt, befindet sich oberhalb des Überwachungszentrums in Himmelpforten. Die Kontrollzentrale wies neben einem großen Bildschirm gegenüber des Eingangs, mehrere Reihen Schreibtische auf, an denen die Controller vor Tastaturen und Monitoren saßen. Jeder überwachte den ihm zugewiesenen Abschnitt und steuerte die Wetterentwicklung im Rahmen des aktuellen Programms. Über allen wachte Simon Petrus an seinem großen Schreibtisch vom Büroausstatter *ANGELS BUSINESS SERVICE* (ABS).

Von Ruhe war an diesem Weihnachtsabend in der Zentrale nichts zu spüren. Die Controller saßen mit hochroten Köpfen vor ihren Monitoren.. Seit zwei Stunden richtete das neue Wetterprogramm laufend neue Sturmzonen über der nördlichen Halbkugel ein. Das heizte ihnen ein. Selbst die vom Facility Manager gesenkte Raumtemperatur brachte keine Erleichterung. Die Controller,

Techniker von DIGITAL ANGELS (DA) und Simon Petrus schwitzten wie im Hochsommer.

„Myrna, was ist denn jetzt über der Nordsee los?", rief Petrus erschrocken, als auf seinem Monitor ein rot markiertes Sturmfeld entstand und expandierte.

Myrna Detroid, die versierte DA-Technikerin wirbelte herum. Sie öffnete den Mund zu einem Warnruf, aber es war zu spät. Petrus drückte verzweifelt die ESC-Taste seines Keybords. Sie griff nach seiner Hand und hielt sie eisern fest.

Myrna schob den brünetten Pony aus der Stirn und fixierte den Bildschirm mit ihren rehbraunen Augen. Sanft aber bestimmt schob sie Petrus beiseite und gab eine Tastenkombination ein. Nichts geschah.

„Okay, Euer Heiligkeit, wir haben ein Problem." Sie beherrschte sich. „Ich muss die Zentrale kontaktieren."

„Ja, aber was hab ich denn gemacht?", wollte Petrus wissen, der sich sein Handgelenk immer noch rieb. Myrnas Griff hatte deutliche Spuren auf der heiligen Haut hinterlassen. „Ich habe nur ESC gedrückt."

„Wie ich vorhin bereits sagte, Euer Heiligkeit, befürchte ich, dass gerade diese Taste anders belegt worden ist." Myrna griff zum Telefon, während sie auf die Uhr schaute. „Ich hoffe, die Zentrale kann mir den Zugriff auf die Programme rechtzeitig übergeben, sonst haben einige Piloten erhebliche Probleme. Zum Glück sind die Missionen so gut wie abgeschlossen."

Myrna zog sich mit dem Telefon an den zweiten Schreibtisch, auf dem ihr Laptop aufgestellt war, zurück. Während sie sprach, wirbelten ihre schlanken Finger über die Tasten. Ihre Augen starrten auf den Bildschirm.

„Was ist hier los, Simon Petrus?" Die unverkennbare Stimme des Erzengels Michael klang nicht gerade sanft. Er schloss die Tür hinter sich. „Die verbliebenen Schlitten über Europa und Amerika sind in Gefahr! Stürme ungeahnter

Ausmaße haben sich gebildet."

Petrus, der in Winterhose und Hemd am Schreibtisch schwitzte, sprang unversehens auf. Sein Schreibtischstuhl, das Luxusmodell von ABS, bremste nach dem Aufstehen sofort ab. Das war fatal für Petrus. Sein erster Schritt in Richtung Michael gelang ihm nicht wirklich. Sein Fuß verhakte sich unter einer der fünf Streben. Die darin integrierte Bremse hielt dem Zug stand. Das kostete Petrus das Gleichgewicht und er näherte sich den Kopf voran dem Boden. Bevor jedoch Schlimmeres passieren konnte, riss der Erzengel die Hand hoch. Waagerecht blieb Petrus in der Luft hängen, als läge er auf einem Brett.

„Du solltest etwas vorsichtiger aufstehen", bemerkte Michael, als er dem Unglücklichen auf die Beine half. Er hängte seine verschneite Jacke an die Garderobe. „Dein Stuhl ist auch nicht perfekt. ABS muss in die Zwangsbremse eine Zeitverzögerung einbauen. Das bedeutet bei Ruprecht zwar eine gewisse Gefahr für die

Umwelt, bewahrt andere Nutzer allerdings vor Schaden."

„Danke, Euer Gnaden", schnaufte Petrus erleichtert, dessen rundes Gesicht rot angelaufen war. Er richtete sich auf und schaute Michael unsicher an. „Wir haben da ein kleines Computerproblem, Euer Gnaden."

„Das Gefühl habe ich auch", schnarrte der Erzengel und sah sich um. Er erblickte Myrna, die halb von der Tür verdeckt wurde. „Myrna Detroid, ich habe dich extra herbeordert, damit genau das nicht passiert. Was hast du dazu zu sagen?"

„Moment, Euer Gnaden", bat Myrna und tippte auf ihrer Tastatur einen Befehl ein. Dann sagte sie ins Telefon: „Andrew, das war gar nichts! Wenn ihr schon an der Tastatur herumspielt, dann gebt uns wenigstens einen Hinweis darauf. Was habt ihr denn bloß auf *ESC* gelegt?"

Sie schaute zu Michael auf, deutete auf das Telefon und zuckte entschuldigend mit den

Schultern. Schlagartig richtete sie sich auf und rief: „Seit ihr von allen Guten Geistern verlassen? Ihr könnt durch ESC nicht das Vorjahresprogramm starten lassen?" Sie hielt kurz inne. „Hab ich das richtig verstanden: Mehrfaches drücken verstärkt erst die Szenarien und setzt anschließend das Programm um weitere Jahre zurück? Wer kommt denn darauf?" Myrna lauschte einen Moment kopfschüttelnd. „Okay, dann gib mir jetzt den Zugriff auf das gesamte Programm. Ich muss versuchen es zu ändern und einen kompletten Neustart initiieren."

Myrna trommelte ungeduldig mit den schlanken Fingern auf die Tischplatte. Sie deckte die Sprechmuschel ab und entschuldigte sich bei Michael: „Tut mir leid, Euer Gnaden, ich versuche es hinzubiegen. Dauert vielleicht etwas." Sie wandte sich zurück zum Bildschirm und rief: „Verflixt, Andrew, was heißt hier, ich hab keine Berechtigung? Ihr schafft es doch nicht! Warte, der Chef ist gerade

156

hereingekommen. Ich geb ihn dir."

Sie hielt Michael den Hörer hin und bat: „Würden Sie bitte mit der Programmierzentrale sprechen, Euer Gnaden."

Michael nahm den Hörer entgegen und meldete sich. Er lauschte einen Moment, dann erhob er die Stimme: „Sie geben sofort den Zugriff für Myrna Detroid frei. Ich habe bei der Besprechung eindeutig gesagt, dass sie alle Zugriffe erhalten soll! Und wenn ich alle Zugriffe sage, dann meine ich **ALLE**! Damit das klar ist: Das gilt ab sofort und bis auf weiteres. Haben Sie damit ein Problem?"

Michael lauschte einen Moment lang und sagte dann betont ruhig: „Dann ist es ja gut."

Er gab Myrna den Hörer und atmete tief durch. „Sie haben Zugriff, Myrna."

„Danke, Euer Gnaden. Vielleicht kann ich noch etwas tun. Ich hoffe, es ist nicht zu spät." Myrna schaute auf den Monitor und rieb sich über die Augen.

„Was ist denn passiert?", fragte Michael und angelte sich einen Stuhl. Dass es ausgerechnet der von Petrus war, bemerkte er erst, als hinter ihm etwas, begleitet von einem Aufschrei, auf den Boden aufschlug. Erschrocken schaute sich Michael um und sah Petrus auf dem Boden sitzend sich den Rücken reiben. „Was machst du auf dem Boden, Simon Petrus?"

„Was machst du auf dem Boden", ertönte gleichzeitig der Aufschrei einer bekannten Frauenstimme. Hildegard von Castrohl eilte vom Eingang zu ihrem Gatten. Ihr festliches Kostüm, eine Neuerwerbung aus dem Hause ANGELS FASHIONS, brachte ihre Figur bei jeder Bewegung zur Geltung.

„Habe ich dir den Stuhl weggezogen?", fragte Michael entschuldigend. Er half Petrus mit einer Handbewegung auf und schob ihm den Stuhl zu. „Du solltest wirklich besser auf dich achten, Petrus. Das ist bereits der zweite Sturz in wenigen Minuten."

„Danke, Euer Gnaden", murmelte Petrus, der sich setzte und seinen Rücken rieb, „sehr nett von Ihnen."

„Simon, geht es dir gut?", fragte Hildegard von Castrohl besorgt. Sie eilte in den Waschraum und kehrte mit einem feuchten Lappen zurück. „Sei bitte etwas vorsichtiger, mein Schatz, so ein Sturz kann böse Folgen haben."

„Vielleicht solltest du ihn mit nach Hause nehmen?", schlug der Erzengel ihr vor. „Gönne ihm etwas Ruhe."

Hildegard funkelte den Erzengel an, verkniff sich aber einen Kommentar. Sie wischte ihrem Mann mit dem Lappen über das Gesicht.

„Danke, Hildchen", murmelte Petrus, „es geht mir schon wieder gut. Lieb von dir." Er wandte sich an den Erzengel. „Auch Ihnen ein herzliches Danke, Euer Gnaden, aber ich bleibe. Heute Abend ist mein Platz hier."

„Wie du willst", sagte Michael. Er drehte sich Myrna zu, die wieder ihren Bildschirm anstarrte.

„Kommst du voran?"

„Bin gleich fertig, Euer Gnaden." Myrna drückte die Entertaste. „Erledigt. Wir müssen einen Neustart machen, dann läuft das Programm hoffentlich. Ich kann nichts versprechen, denn stabil ist es immer noch nicht!"

Hildegard von Castrohl ordnete die Kleidung ihres Mannes. Sie nahm das Sakko von der Stuhllehne und wollte es ihm anziehen. Doch Petrus schob das Kleidungsstück samt Angetraute von sich. Überrascht griff Hildegard nach Halt suchend hinter sich. Sie fand den Halt, aber auch die Tastatur.

„Nein!", schrie Myrna, als ihr Monitor anstatt der Neustartmeldung bunte Streifen zeigte. „Das ist jetzt nicht wahr!"

„Was haben Sie denn?", fragte Hildegard und nahm die Hand von der Tastatur. Sie zog ein feines Taschentuch aus ihrer Handtasche und reinigte sich die Handfläche mit Eau de Toilette. „Ist etwas passiert? Mein Simon Petrus kann aber

160

nichts dafür."

„Der nicht", schnaufte Myrna und schlug die Hände vors Gesicht. „Petrus kann wirklich nichts dafür!"

„Kriegst du das wieder hin?", fragte Michael vorsichtig. Besorgt legte er Myrna die Hände auf die Schultern.

„Mit etwas Glück und ohne familiäre Eingriffe, schaffe ich es in etwa einer Stunde", schätzte Myrna, die ihre Wut verbarg, „aber wir müssen alle Systeme der Wetterzentrale herunterfahren. Dann kann ich die letzte gespeicherte Version vielleicht neu starten. Und niemand fasst eine Tastatur oder eine Maus an. BITTE!"

Zwei Stunden später drückte Myrna die Entertaste und lehnte sich erschöpft zurück. Ihr bleiches Gesicht verriet die Anspannung der letzten Stunden. Sie reckte sich und stand auf. Auf dem Monitor wurden die Startroutinen des Systems angezeigt.

„Sieht gut aus, Euer Gnaden, die Synchronisation

mit den anderen Modulen läuft gut", erklärte sie dem Erzengel Michael, „der Restart des Programms ist gelungen. In etwa 10 Minuten ist das Meteorologie-System online. Ich befürchte, die Stürme sind außer Kontrolle geraten."

„Also war alles umsonst?", fragte er enttäuscht.

„Nein, es entstehen keine neuen Sturmzellen. Die aktuellen Zellen haben ihre Energie fast aufgebraucht. Sie werden demnächst abflauen."

„Das haben wir dann dir zu verdanken, Myrna." Simon Petrus, der immer noch Probleme mit der Hüfte hatte, strahlte die DA-Technikerin an. „Können Sie Myrna mir nicht dauerhaft zuteilen, Euer Gnaden?"

„Tut mir leid, Petrus, aber diesen Wunsch kann ich dir nicht erfüllen", antwortete der Erzengel entschlossen, „ich brauche Myrna bei DIGITAL ANGELS."

Hildegard von Castrohl, die neben Petrus stand, schaute den Erzengel dankbar an.

Kapitel 10

Navigationsprobleme

Ruprecht saß entspannt auf dem Kutschbock des Schlittens. Er hielt die Zügel mit einer Hand. Im Laufe der vielen Stunden dieses Einsatzes waren Anika, Torben und er zu einem guten Team zusammengewachsen. Die Schwedin verstand es zu fliegen. Sie hatte Gefühl für Schlitten und Tiere. Ihr Instinkt ließ sie Gefahrensituationen meistern, ohne das Gefühl von Hektik aufkommen zu lassen.

Anika und Torben hatten sich seit geraumer Zeit dem Navigationsgerät hinter dem Kutschbock zugewandt. Sie wollten den kürzesten Weg nach Himmelpforten eingeben. Anika fluchte leise und beugte sich zu Ruprecht vor.

„Ruprecht, wir haben ein Problem", stieß sie hervor und richtet sich auf, „ich glaube, das Gerät ist defekt."

„Wat ist los?" Ruprecht konnte nicht glauben, was er gerade vernommen hatte.

163

„Das Navigationsgerät ist kaputt. Wir haben alles nachgesehen. Es geht gar nichts mehr!"

„Ah komm, dat gift dat doch gar nich, nie nich." Ruprecht legte die Zügel beiseite und rief nach vorne: „Annabell, Jörgen, ihr müsst mal alleine Kurs halten."

„Geht klar", antwortete Jörgen sofort. „Wir übernehmen hier vorne. Höhe und Kurs halten."

Ist doch ein prima Leittier, dachte Ruprecht und wandte sich dem Computer zu. Doch auch er bekam das Gerät nicht wieder in Gang. Schließlich schaltete er es ab.

„Wir warten mal einige Minuten, dann starten wir das ganze System neu", kommentierte Ruprecht seinen Entschluss. „Ich hab so einen Totalausfall zwar noch nie gehabt, aber das soll nix heißen."

„Weißt du, wo wir sind?", fragte Torben, der seine Finger nervös knetete.

„Nö, nicht genau. Unser letztes Ziel lag 100 Kilometer östlich von Archangelsk. Den Kurs haben wir nach den letzten Windmeldungen bestimmt. Wir müssten längst über der Stadt sein. Übersehen kann man sie und den Hafen nicht. Viel zu groß!"

„Was machen wir bloß? Wir können doch nicht ewig in der Luft bleiben."

„Nö, aber wir können mal gucken, ob wir eine Fahrkarte lösen können." Ruprecht rutschte wieder auf seinen Platz und ergriff die Zügel.

„Also, meine beiden Hübschen, wir brauchen eine Fahrkarte. Wäret ihr so freundlich?"

„Aber gerne doch", antwortete Jörgen glucksend.

Unvermittelt sank der Schlitten. Es ging schnell abwärts. Erst als eine aufgewühlte Wasserfläche zu erahnen war, fingen die Tiere den Schlitten ab. Es blieb allerdings bei der schlechten Sicht. Der Sturm trieb die Schneeflocken waagerecht über die hohen Wellenkämme. Sie flogen weiter nach Norden, wenn der Kompass halbwegs stimmte.

„Jörgen, es hat keinen Zweck hier blind zu fliegen", sagte Ruprecht nach wenigen Minuten, „wir müssen tiefer herunter."

„Spirale oder auf Kurs?"

„Auf Kurs, Jörgen, anders hat das keinen Sinn. Aber sachte, wir haben nicht mehr viel Platz unter den Kufen."

„Jepp, machen wir."

In den folgenden Minuten stieg die Anspannung in Ruprecht immer weiter an. Er fürchtete selbst hier über dem Meer ein Hindernis, dass unerwartet auftauchte. Ohne Vorwarnung riss Jörgen den Schlitten in eine enge Steilkurve. Unvermittelt war aus der Schneewand ein dick vereister Leuchtturm aufgetaucht. Es war ein Modell, das man zu Anfang des 20. Jahrhunderts auf Molen aufgebaut hatte. Der obere Teil bestand aus einem verglasten, achteckigen Raum, in dessen Zentrum der drehbare Scheinwerfer eingebaut war. Darüber war ein massives Dach. Der Dachstuhl trug die Blechverkleidung. Um das eigentliche Leuchtfeuer herum verlief eine begehbare, durch ein Geländer gesicherte, Galerie. Der untere Teil war als achteckiger gemauerter Turm erstellt worden, der dem Leuchtturmwärter einen längeren Aufenthalt ermöglichte. Der obligatorische Treppenaufgang befand sich bei diesem Modell innen.

„Warte mal", rief Ruprecht, „den kenn ich doch! Jörgen, Kehrkurve und zurück zum Leuchtturm. Guck, ob du da landen kannst."

„Jepp, mach ich."

Die Rentiere wendeten. Der Leuchtturm kam wieder in Sicht. Nach einer engen Runde um den Turm setzte der Schlitten auf der einzigen ebenen Fläche auf, die es gab. Jörgen brachte das Gefährt neben der dick vereisten Eingangstür zum Stehen.

„Zufrieden, Chef?", fragte Jörgen.

„Klar!" Ruprecht sprang vom Schlitten. „Das war einsame Klasse! Kommt in den Windschatten. Ich sehe mir mit Anika den Turm mal an."

„Weißt du, wo wir sind?", fragte Anika. Sie rückte ein Stück näher an Ruprecht heran.

„Jo, dat is der Leuchtturm an der Spitze der Kola Halbinsel. Wir sind am westlichen Eingang zum

Weißen Meer, Engelchen. Theoretisch kann ich uns von hier aus blind nach Himmelpforten bringen."

„Der Wind hat gedreht", meldete sich Torben zu Wort. Der schlaksige Däne drückte sich frierend an die Wand. „Ich hab den Neustart initiiert. Aus Himmelpforten ist immer noch kein Wort zu empfangen. Dafür empfange ich die Flugwetter-station Kirkenes. Deren automatische Ansage meldet Südoststurm mit Stärke 8 bis 9."

„Petrus und seine Wettermeldungen", knurrte Ruprecht. „Hast du unsere Position peilen können?"

„Jo, deine Annahme ist richtig. Wir sind am Westeingang des Weißen Meeres."

„Denn ist es ja gut." Ruprecht winkte Torben zu. „Komm, wir holen Jörgen und Annabell."

„Warum fliegen wir nicht weiter?", fragte der Navigator. „Jetzt, wo du weißt wo wir sind, dürfte es kein Problem für dich sein."

„Wir haben Annabell und Jörgen schon zu viel

168

zugemutet und wir sind auch nicht mehr fit." Ruprecht fuhr mit einer Hand über die dick vereiste Tür. Das Eis löste sich umgehend auf. Eine weiter Handbewegung und die schwere mit Metall beschlagene Tür schwang quietschend auf.

„Wir brauchen alle eine Pause."

„Das ist hier aber ziemlich kalt", bemerkte Anika und legte fröstelnd die Arme um den Oberkörper.

„Dagegen lässt sich was tun. Aber erst die Tiere", antwortete Ruprecht.

Gemeinsam mit Torben schirrte er die Rentiere aus und brachte sie in den Turm. Im Eingangsbereich stand ein alter, löchriger Gussofen, in dem Ruprecht ein Feuer entfachte. Etwas Holz lag neben der Tür. Kurze Zeit später erfüllte nicht nur das Aroma eines Holzfeuers den Raum. Die Temperatur war merklich angestiegen. Ruprecht schob Holz nach. Dann ließ er sich in einer Ecke nieder. Anika, die immer noch eine rote Nase hatte, fror entsetzlich. Sie setzte sich zu den Männern. Ruprecht legte einen Arm um sie und murmelte: „Komm näher, ich wärm dich!"

Annabell und Jörgen machten es sich so gut es ging bequem und kuschelten sich aneinander.

*

Zwei Stunden später flaute der Sturm über dem Nordmeer ab. Der Schneefall hörte schließlich ganz auf, dafür setzte klirrende Kälte ein. Die dicken Schneewolken waren dem blau-schwarzen Himmel gewichen. Funkelnde Sterne und der Vollmond tauchten die bizarre Schneelandschaft in kaltes, blaues Licht. Die wenigen Büsche landeinwärts trugen dicke Schneehauben.

Anika trat draußen neben Ruprecht, der den Schlitten bereits von den Schneemassen befreit hatte. Die Müdigkeit war immer noch im schmalen Gesicht der Schwedin abzulesen. Ihre blauen Augen strahlten jedoch wieder wie zu Beginn der Mission.

„Na, geht's dir besser?", fragte Ruprecht, „Du bist blitzschnell eingeschlafen."

„Ich hab gar nichts mehr mitgekriegt", gestand

170

sie lächelnd. Sie zog ihre Handschuhe an. „Es war, als knipste mir jemand das Licht aus."

„Alles gut", bemerkte Ruprecht und streckte die Hand aus, „ist dat nicht herrlich? Die reinste Märchenlandschaft."

„Ja, es ist unglaublich schön."

„Aber auch ziemlich kalt", meinte Torben, der aus dem Leuchtturm trat, „hoffentlich bekomme ich die Geräte zum Laufen."

„Mal den Düwel nich an die Wand", knurrte Ruprecht, „wenn der Generator nicht hochfährt, haben wir das nächste Problem an der Backe, mein Freund."

Torben kletterte in den Schlitten und widmete sich den Geräten. Seine blauen Augen starrten auf den Monitor.

„Der ganze Kram ist eingefroren, Ruprecht", meldete er nach wenigen Minuten. „Ich hoffe, es ist nichts kaputt gegangen. Wissen kann man das nie."

„Versuch es weiter!" Ruprecht hatte kein gutes

Gefühl, sagte es aber nicht. Er kümmerte sich um das Ledergeschirr der Tiere. Unter seinen Händen tauten die Leinen und Riemen langsam auf.

„Die Wetterblase ist in 10 Minuten einsatzbereit", rief Torben, „der Raum-/Zeitgenerator braucht länger."

„Navigation?", fragte Ruprecht ohne aufzusehen.

„Null, da geht gar nichts. Kommunikation ist auch komplett ausgefallen."

„Dann nervt uns wenigstens keiner", kommentierte Ruprecht, „navigieren können wir ohne die Geräte. Ihr beiden Hübschen seht euch die Karten an und berechnet den Kurs nach Himmelpforten. Unterwegs müssen wir peilen. Das habt ihr ja gelernt."

Torben, der Ruprecht lange genug kannte, griff wortlos neben seinem Sitz in die Tasche. Er zog mehrere Karten heraus und ging mit Anika in den Leuchtturm.

Kaum hatten sie die Tür hinter sich geschlossen, tauchte auf Ruprechts Gesicht ein schelmisches

Grinsen auf. So unrecht war ihm der Ausfall der Navigationsgeräte nicht. Anika und Torben sollten zeigen, ob sie ohne elektronische Geräte ihre Aufgaben erledigen konnten. Bei Torben war er sich sicher. Der Däne war ein alter Hase in Sachen Navigation. Anika war demgegenüber ein unbeschriebenes Blatt.

Eine Stunde später startete der Schlitten. Sie drehten eine letzte Runde um den alten Leuchtturm, dann ging Ruprecht auf den von Anika errechneten Kurs. Unbekümmert ließ er den Schlitten in den klaren Nachthimmel steigen.

Während Ruprecht es sich auf dem Bock bequem machte, hingen Anika und Torben im Schein einer Taschenlampe über der Karte.

Ein elektronischer Warnton schreckte Ruprecht auf. Gleichzeitig blinkte die Kontrolllampe des Generators.

Ruprechts lauter Fluch war eines technischen Leiters würdig. Für einen Engel war er jedoch nicht angemessen.

„Sinkspirale", rief er dem Gespann zu, „und zwar dalli. Ganz runter, Jörgen, lass den Kufen nicht mehr als einen Meter Platz."

„Warum so tief?", fragte Anika, während der Schlitten in einer engen Spirale auf das mit Eisschollen gesprenkelte Meer zuraste.

„Wir sind im Radarbereich der Russen und der NATO, Deern, und die mögen keine unbekannten Flugobjekte wie uns. Ohne Generator sind wir sichtbar!"

„Das ist mir klar."

„Wenn wir knapp über dem Wasser sind, können sie uns durch die Störungen nicht mehr orten." Ruprecht drehte den Kopf wieder nach vorn.

„Jörgen, weiter nach rechts halten. Wir müssen in die Packeiszone. Wir haben keinen Generator."

„Das hab ich mitgekriegt", antwortete das Leittier ohne sich umzusehen, „wir beeilen uns!"

„Die müssen uns doch über Funk rufen", bemerkte Anika, deren Stimme keine Anzeichen von Nervosität verriet, „so ist es vorge-

174

schrieben."

„Schön und gut, aber wir kriegen dat nich mit", knurrte Ruprecht. „Diese verdammte Einspielerei der neuen Software kurz vor Weihnachten! Myrna war dagegen, aber irgendein Heini aus dem Oberstübchen von DIGITAL ANGELS wollte es unbedingt. Wenn ich den nachher in die Finger kriege, kann der sich auf was gefasst machen."

„Wir brauchen noch etwa 10 Minuten bis zur Packeiszone", meldete Torben in seiner ruhigen Art. Der Däne hielt die Karte in den behandschuhten Händen. „Das ist aber nur eine Schätzung, Ruprecht. Ich weiß nicht genau, wo wir abgebogen sind. Die Geschwindigkeit kann ich auch nur schätzen."

„Wird schon passen, mein Freund", antwortete Ruprecht gelassen. Seine Anspannung merkte ihm niemand an. „Notfalls müssen wir andere Mittel einsetzen."

„Was meinst du damit?", fragte Anika erstaunt.

„So ganz machtlos sind wir nicht", gestand

Ruprecht grinsend. „Der Chef hat uns nicht umsonst mit ein paar himmlischen Tricks ausgestattet, die uns in Notsituationen und anderen Fällen helfen. Bevor DA die mobilen Generatoren einsatzbereit hatten, war Versteckspielen mit Abfangjägern unser tägliches Brot."

Ruprecht warf einen Blick nach unten. Knapp unter den Kufen sauste eine Eisscholle vorbei. Vom schwarzen Wasser des Nordmeeres trennte sie weniger als ein Meter eisige Luft. Jörgen und Annabell zogen den Schlitten so schnell es ging nach Norden. Ihr Schnauben war deutlich zu hören. Die Leinen des Geschirrs waren bis zum Zerreißen gespannt. Ruprecht war froh, dass er so penibel auf die Pflege von Schlitten und Geschirr achtete.

„Noch fünf Minuten", meldete sich Torben wieder, „wir sind bald da."

„Was machen wir dann?" Anika schaute Ruprecht fragend an. „In der Schulung kam so ein Fall nie vor."

„Dat denk ich mir", knurrte Ruprecht, „die verlassen sich alle auf die Technik. Nicht einmal mehr Kreuzpeilung wird gelehrt!

Wenn wir das Packeis erreicht haben, verstecken wir uns, sobald wir aufgetürmte Schollen finden. Dort versuchen wir den verflixten Generator neu zu starten."

„Und wenn es nicht geht?"

„Dann, Deern, geht es im Tiefstflug nach Himmelpforten. Das dauert entsprechend länger, weil wir Umwege fliegen müssen. Außerdem müssen wir an unsere Tiere denken, die allein unseren Schlitten ziehen müssen. Sie brauchen ab und an mal eine Pause."

Anika nickte und starrte nach vorn aufs Wasser. Das Mondlicht ließ das es tiefschwarz erscheinen. Die Eisschollen, deren Zahl in den folgenden Minuten immer mehr anwuchs, glitzerten bläulich.

„Packeis!" rief Jörgen, als unter seinen Hufen nur noch Eis zu sehen war. „Wir haben die Zone erreicht."

„Unten bleiben, bis wir erste Eistürme erreichen", wies Ruprecht ihn an, „dann gehst du etwas höher, Jörgen. Achte auf taugliche Verstecke."

„Geht klar", kam prompt die Antwort.

„Was meinst du mit Eistürmen, Ruprecht?", fragte Anika, „davon hab ich noch nie gehört."

„Aber du kennst Packeis, oder?"

„Klar, leider nur zu gut."

„Ich nenn die aufgetürmten Schollen im Packeis einfach *Eistürme*. Sie bieten gute Verstecke und Radar kann uns nicht aufspüren."

„Generator und Kommunikation funktionieren wieder", rief Anika erleichtert. „Wir sind von allen Radarschirmen verschwunden und nicht mehr sichtbar."

Dann schaltete sie den Kommunikator auf Himmelpforten um.

„Endlich können wir in aller Ruhe nach Hause fliegen", sagte Ruprecht, der sich sichtlich entspannte. „Wird auch Zeit. Hoffentlich ist bei den anderen alles gut gegangen."

„Willst du nicht wenigstens Himmelpforten rufen?", fragte Torben. „Die werden sich Sorgen um uns machen. Wir sind mindestens 2 Stunden überfällig."

„Nee, das lassen wir vorläufig." Ruprecht drehte sich um. „Mir reicht es, wenn die uns nachher Löcher in den Bauch fragen."

KAPITEL 11
Finale mit Krise

Im Tower hatten sich alle Besatzungen der Weihnachtsmissionen versammelt. Nur Ruprecht, Anika und Torben waren noch nicht zurück. Die Männer und Frauen schwiegen betreten. Ihnen war die Anstrengung der vergangenen Stunden in die Gesichter geschrieben. Sie hielten Becher mit dampfendem Kaffee oder Tee in den Händen und starrten auf Bernie Nickeldorn, der vor dem Kommunikator saß. Der eingeschaltete Lautsprecher übertrug nur statisches Rauschen.

„Wo bleibt nur Ruprecht?", jammerte Franziska. „Er hätte längst da sein müssen!"

„Meine liebe Franziska", sagte der Erzengel Michael und trat neben sie ans Fenster, „auf den Schneesturm über dem Flugfeld zu starren ist vergeblich. Ruprecht und seine Besatzung werden schon kommen. Wir haben kein Anzeichen dafür, dass er abgestürzt ist und Hilfe braucht."

„Es gibt aber auch keinen Kontakt zu ihm oder?

180

Ruprecht ist mindestens zwei Stunden überfällig. Wir müssen doch etwas tun!", beharrte sie.

„Worauf warten wir denn?"

„Franziska hat recht", sagte schließlich Holger Holgerson, „Bernie, wie sieht es mit der Kommunikation zu Ruprecht aus?"

„Das hörst du doch selbst. Da geht gar nichts. Über Nordrussland und dem Weißen Meer tobt gerade ein Schneesturm. Die Temperaturen sind auf unter -30 Grad Celsius gefallen. Die Front ist ungewöhnlich weit ausgedehnt. Schätzungsweise steckt Ruprecht mitten drin."

„Chancen ihn zu finden, falls er runter gegangen ist?"

„Keine, Holger. Ich hab den Wetterdienst schon mehrfach auf die Lage hingewiesen. Leider können sie nichts dagegen machen. Der Sturm ist bereits außer Kontrolle."

„Ich weiß", knurrte Michael verbissen, „Myrna hat das Met-Programm neu starten müssen. Die entstandenen Stürme kann sie nicht beeinflussen.

Auf die Kommunikation setze ich sie gleich an."

Michael griff zum Telefon und ließ sich mit Myrna verbinden.

„Das Programm ist viel zu instabil, um solche Stürme zu kontrollieren, wenn sie mal ausgebrochen sind", bemerkte Bernie niedergeschlagen, „denn wenn so ein Schlechtwetter-Gebiet initiiert worden ist, gibt es keine Eingriffsmöglichkeiten mehr."

„Das gennen wir doch schon seit Monaten", brummte Jean-Claude Marode, „da kann Petrüs nichts dafür. Isch habe das auch schon ssu Rüprescht gesagt."

„Ihr könnt doch Ruprecht nicht im Stich lassen", fuhr Franziska sie an. „Irgend jemand muss doch etwas tun."

„Ich geh nochmal raus", entschied Holger, „Jean-Claude, bist du dabei?"

„Natürlemon, mon Dieu, isch bin dabei. Machen wir es mit sswei Schlidden? Dann gönnen wir uns an beiden Seiten von die Route auf´alten."

182

„Bin dabei", meldete sich auch Nikolaus von Myra, der zu seiner Schwester getreten war, „ich flieg bei Jean-Claude als Beobachter mit."

Angespornt meldeten sich die restlichen Besatzungen zur Teilnahme an der Rettungsaktion. Niemand wollte zurückbleiben, wenn Ruprecht in Schwierigkeiten steckte.

„Moment", hielt Bernie die Besatzungen zurück, „wenn ihr auf eigene Faust rausgeht, verlieren wir vielleicht noch einen oder mehrere Schlitten. Lasst uns das lieber koordinieren. Außerdem würde Ruprecht mir den Kopf abreißen, wenn ich euch ohne Plan da raus fliegen lasse. Ich brauche nicht lange."

„Also gut", lenkte Holger ein, „dann machen wir unsere Schlitten fertig. Wer holt das Wetter ein?"

„Das mach ich", meldete sich Michael, „und zwar direkt vor Ort."

Er schlüpfte in seine Jacke und streifte seine Handschuhe über. Mit einem Nicken verabschiedete er sich und stapfte in den Schneesturm hinaus.

Die anderen Besatzungen folgten seinem Beispiel. Als letzter trat Holger zur Tür. Er drehte sich noch einmal um und sagte: „Mach dir keine großen Sorgen, Franziska. Wir holen dir deinen Ruprecht zurück. Ist übrigens reiner Selbstzweck. Wir brauchen ihn nämlich auch."

„Danke, Holger", antwortete sie.

Er nickte ihr zu und wandte sich an Nikolaus. „Bereite bitte die Navigation vor, Nicki. Du bist unser wichtigster Mann. Na ja, eigentlich wie immer!"

Holger betrat das Treppenhaus und schlug die Tür hinter sich zu.

Franziska, Bernie und Nikolaus blieben im Tower zurück.

*

Franziska starrte auf das Schneetreiben über dem Flugfeld. Es schien, als wolle sie Ruprecht mit seinem Schlitten herbeigucken.

„Mach dir nicht so viele Sorgen", sagte Nikolaus

als er den Telefonhörer aufgelegt hatte, „Ruprecht wird irgendwo Schutz gefunden haben. Er muss an die Tiere denken. Die Kommunikation läuft übrigens demnächst wieder."

„Meinst du, die Wetterblase hat versagt?"

„Garantiert, wenn du mich fragst. Ruprecht, Torben und Anika werden einen Unterschlupf gefunden haben, indem sie das Schlimmste abwarten können."

„Anika?" Franziskas Stimme wurde lauter, während sie den Namen hinterfragte. „Wer ist denn des, bitt´schön?"

„Duppel", knurrte Bernie, der neben dem nun rot anlaufenden Nikolaus stand, „ganz sischer in dat Fettnäpschen!"

„Anika gehört zu Ruprechts Besatzung", erklärte Nikolaus zaghaft, „sie ist seine Co-Pilotin."

„Die hat er sich natürlich selbst herausgesucht!"

„Ruprecht ist der letzte mit Verteilererlaubnis gewesen, der verfügbar war. Alleine konnte er schlecht hinausfliegen oder?"

„Was, dann sind die beiden alleine geflogen? Das hab ich mir doch gedacht."

„Wenn meine Frau Schwester mal zuhören würde, hätte sie mitbekommen, dass Torben als Navigator mit von der Partie ist! Annabell und Jörgen sind außerdem das erfahrenste Gespann, das wir haben. So ganz unerfahren ist Anika auch nicht."

Bernie, der zum Kommunikator gegangen war, schlug sich die Hände vor die Stirn und verdrehte die Augen. Er schüttelte den Kopf, ehe er sich den Geräten zu wandte.

„Das sie net unerfahr´n ist, hätte i einer Pilotin auch net unterstellt. Ist sie schon lang da? I hab noch nie von ihr g´hört." Franziska baute sich vor Nikolaus kampflustig auf. Sie stemmte die Hände in die Hüften und kniff sie Augen zusammen.

„Aber das meine ich doch gar nicht", stöhnte Nikolaus auf.

„I weiß schon, was d´ meinst. Da brauchst gor net herumreden."

„Das weißt du anscheinend nicht", versuchte es Nikolaus erneut. „Sie ist uns von der Flugschule empfohlen worden. Die Lehrer waren begeistert von ihr."

„Des konn i mir denken! Sie dürft´ ganz besondere Qualitäten hab´n."

„Natürlich hat sie die. Sonst wäre sie nicht von mir Ruprecht zugeteilt worden."

Die dunkle Stimme, die von der Tür her erklang, ließ Franziska zusammenzucken. In der Tür stand der weiß überzogene Erzengel Michael.

Er knallte die Tür hinter sich zu. „Anika ist die beste Schülerin des Jahrgangs. Sie hat sämtliche Prüfungen mit Auszeichnung bestanden. Eine bessere Co-Pilotin kannst du dir für deinen Ruprecht nicht wünschen."

„Hübsch ist sie b´stimmt au no", meinte Franziska bissig. Wütend warf sie sich in einen Stuhl. Zwar konnte die Konstruktion des Möbelstücks nicht filigran genannt werden, dennoch gab sie quietschend nach. Bevor

Franziska reagieren konnte, hob Michael die Hand und stoppte den drohenden Zusammenbruch. Mit hochrotem Kopf erhob sie sich aus dem windschiefen Gebilde, das einst ein Stuhl gewesen war.

„Ach, daher weht der Wind", stellte Michael fest. „Jetzt hör mir mal genau zu, Franziska von Bergheim!" Auf die Wiederholung der darauf folgenden Worte des Erzengels, wird angesichts der beteiligten himmlischen Persönlichkeiten verzichtet.

Beendet wurde die Predigt durch lautes Geschrei aus dem unteren Teil des Towers.

„Obacht", erscholl die tiefe Stimme Holgers aus dem Treppenhaus, dann flog die Tür zum Kontrollraum auf. Franziska bekam die Stahltür derart schwungvoll in den Rücken, dass sie nach vorn stolperte. Doch vor ihr saß Michael, der die trockene Kehle mit Tee anfeuchten wollte. Das belebende Getränk fand allerdings nicht den Weg in die Kehle Seiner Gnaden. Der Becher wurde

Michael von Franziska förmlich aus der Hand katapultiert. Auf dem Boden angekommen, verwandelte er sich in Scherben. Dampfender Tee verteilte sich gleichmäßig dazwischen.

Franziska fand sich auf Michael liegend wieder. Sein Gesicht war vollkommen in ihrer Pelzjacke verschwunden.

„Er ist zurück!", schrie *das Mammut* freude-strahlend, „Ruprecht ist wieder da."

„Ein Glück", drang Michaels Stimme aus der Pelzjacke, „wird auch Zeit, sonst krieg ich noch die Krise."

*

Eine Stunde später versammelten sich die Besat-zungen des Weihnachtseinsatzes im Briefing-Room über der Werkstatt der FB-Nord. Auf dem Tisch befanden sich neben diversen Leckereien aus Himmelpfortens Backstuben mehrere Thermoskannen Glühwein. Letzteren hatte Nikolaus bei seinem Kellermeister van Buren bereits für die inzwischen nicht mehr erforderlichen Rettungsflüge geordert. An der Kopfseite des Tisches erhob sich Erzengel Michael, nachdem Ruprecht von der glücklichen Zwischenlandung am Leuchtturm der Kola – Halbinsel berichtet hatte.

„Lieber Ruprecht, ich kann dir nicht sagen, wie froh wir alle sind, dass ihr zurück seid. Das empfindet nicht nur deine Gattin Franziska, sondern wir alle.

Außerdem möchte ich mich bei allen Besatzungsmitgliedern, den Technikern hier am Platz und den verantwortlichen Planern dieses von Krisen gekennzeichneten Weihnachtseinsatzes bedanken. Ihr habt großartige Leistungen erbracht, die niemand von euch erwarten, geschweige denn, verlangen konnte. Ihr könnt wahrlich stolz aufeinander sein!"

Die Gesichter der Anwesenden zeigten Freude und Verlegenheit ob des Lobes Michaels. Selbst Ruprecht strahlte. Insgeheim befürchtete er allerdings eine der nicht enden wollenden Reden

Seiner Gnaden.

„Ich möchte die Gelegenheit ergreifen und Myrna Detroid meinen besonderen Dank aussprechen", sagte Michael mit Stolz in der Stimme. Er fasste, immer wieder von Beifall unterbrochen, ihren Beitrag am Erfolg der Aktion zusammen.

Myrna errötete. Sie senkte den Blick. Ruprecht legte ihr die Hand auf die Schulter und sagte: „Du bist eben eine von uns, Deern!"

Lautstark stimmten die Anwesenden Ruprechts Worten zu, bis der Erzengel die Hand hob.

„Außerdem muss ich eine Neuigkeit bekannt geben", fuhr Michael fort, „Anika Söderström, komm bitte vor!"

Die schmächtige, blonde Schwedin, die zwischen Nikolaus und Ruprecht saß, stand zögernd auf und trat zu Michael.

„Anika Söderström, du hast am heutigen Tag durch Einsatzbereitschaft, Können und Übersicht zum Erfolg des Weihnachtseinsatzes beigetragen. Daher bin ich zu folgendem Entschluss gekommen:

Anika Söderström, du erhältst mit sofortiger Wirkung das Patent als Schlittenpilotin. Der Flug mit Ruprecht Semmelburger, der immer noch seine Prüferlizenz besitzt, zählt als praktische Abschlussprüfung. Diese hast du mit Auszeichnung bestanden.

Dem Antrag von Ruprecht, dich als Pilotin in die Flugbereitschaft Nord aufzunehmen, gebe ich allzu zu gerne statt."

In diesem Moment jubelte nicht nur Anika sondern alle Anwesenden. Als sie Ruprecht um den Hals fiel, wurde Franziskas Jubel deutlich verhaltener. Sie fing den warnenden Blick von Michael auf und nickte.

„Über diesen Kriseneinsatz werde ich einen ausführlichen Bericht verfassen", fuhr Michael fort, nachdem der Jubel abgeebbt war. „Darin werde ich besonders eure Einsatzbereitschaft hervorheben, ohne die diese Weihnachtskrise nicht zu bewältigen gewesen wäre. Den Anteil von Professor Nickeldorn am Erfolg werde ich, insbesondere in Hinblick auf Labradordasein in Himmelpforten und die anstehende Entscheidung darüber, besonders betonen."

Der erneute Jubel war sogar draußen in den Unterkünften der Rentiere zu hören.

*

Das geschah
Weihnachten 2002

Danksagung

Vielen Dank allen, die mich durch Anregungen und Kritik bei der Erstellung des Buches unterstützt haben.
Insbesondere bedanke ich mich bei

Anja Rosok, ohne die dieses Buch nie geschrieben worden wäre. Danke für die Geduld, wenn ich mal wieder im „Überarbeitungsmodus" war; für die Motivation, wenn mal nichts mehr ging; für Rat und Tat bei der Realisierung des Projekts.

Raya Rosok, die für die Coverbilder viel Zeit investiert hat.

Last but not least meiner Familie, die mir den Mut zum Schreiben gegeben hat. Danke für die Zeit beim Zuhören, für so manche Anregung, die Geduld und für das Verständnis, wenn ich mal abends wieder zum Nordpol gereist bin.

Die Abenteuer des
Ruprecht Semmelburger
Millennium

MICHAEL LAẞ

Das Chaos droht. Die Zeit drängt.
Können die Digital Angels Schlimmeres verhindern?

Zwischen dem 29. und 31. Dezember 1999
kommt es zu ungeklärten Vorfällen
In Moskau beschädigen Sicherheitskräfte
die IT-Zentrale.
Der Vatikan wird von Vandalismus heimgesucht.
In Paris werden fünf Personen festgesetzt.

Zeit für einen Noteinsatz.

Wird Ruprecht Semmelburger,
der Leiter der Flugbereitschaft Nord,
in die Pflicht genommen?
Welche Rollen spielen Nikolaus von Myra,
Petrus und die Erzengel dabei?

Ein amüsantes Abenteuer jagt das nächste.

195

Die Abenteuer des
Ruprecht Semmelburger

Rudolph wird flügge

MICHAEL LAß

Gibt es etwas Anderes außer der Fliegerei?

Ruprecht Semmelburger fliegt mit seiner Crew zum
Südpol.
Die ausgeliehenen Schlitten müssen zurück.
Ein gewöhnlicher Auftrag?

Unterschiedliche Mentalitäten treffen aufeinander.

Dann die Meldung: „Schlitten über dem Atlantik
vermisst"
Rettungsschlitten gibt es nicht.
Ruprecht und seine Leute brechen zu einem riskanten
Rettungseinsatz auf.

Wie kommt es, dass sie beim Karneval in Rio landen?

**Das zweite amüsante Abenteuer der Flugbereitschaft
Nord unter der Leitung von Ruprecht Semmelburger.**

196